지금, 찬란한 순간들을 엮어가고 있는

_______________님께 드립니다.

당신을 응원하는 누군가로부터

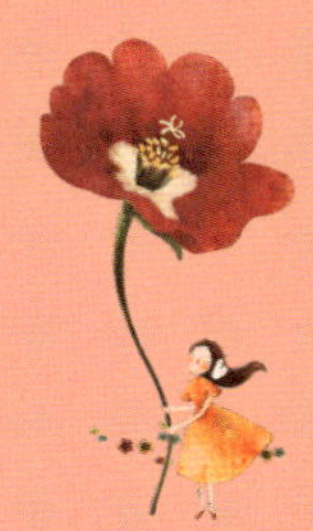

美畵의 그림 에세이

당신을 응원하는 누군가

당신을 응원하는 누군가

위로가 필요한 당신에게 쓰는 편지
美畵의 그림 에세이

글·그림 선미화

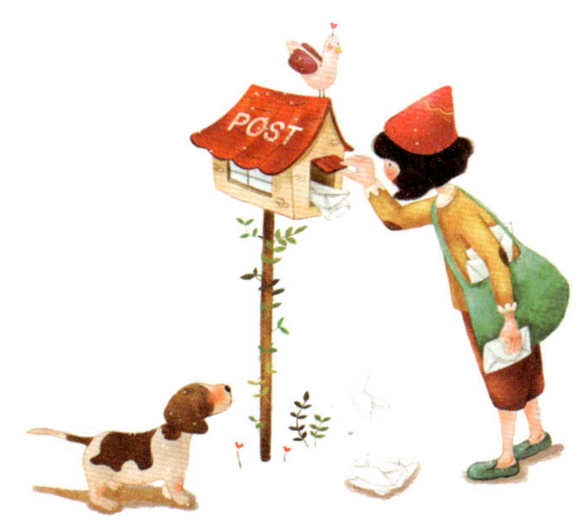

시그마북스
Sigma Books

美畵의 그림 에세이

당신을 응원하는 누군가

발행일 2013년 11월 15일 초판 1쇄 발행
　　　　2025년 12월 15일 초판 31쇄 발행
글·그림 선미화
발행인 강학경
발행처 시그마북스
마케팅 정제용
에디터 최연정, 최윤정, 양수진
디자인 디자인 허브

등록번호 제10-965호
주소 서울특별시 영등포구 양평로 22길 21 선유도코오롱디지털타워 A402호
전자우편 sigmabooks@spress.co.kr
홈페이지 http://www.sigmabooks.co.kr
전화 (02) 2062-5288~9
팩시밀리 (02) 323-4197
ISBN 978-89-8445-559-7 (13810)

* 시그마북스는 (주)시그마프레스의 단행본 브랜드입니다.

· 차례 ·

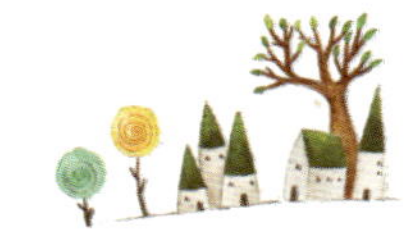
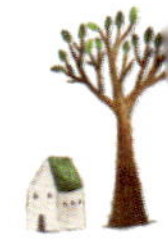

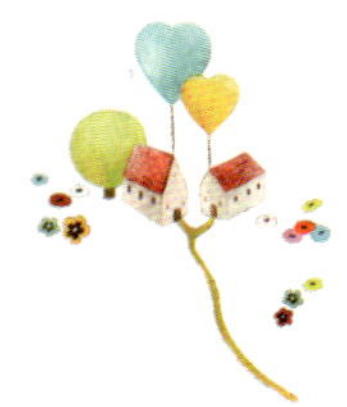

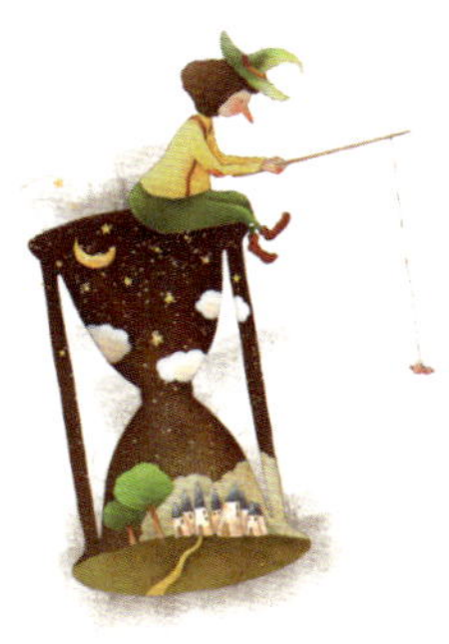

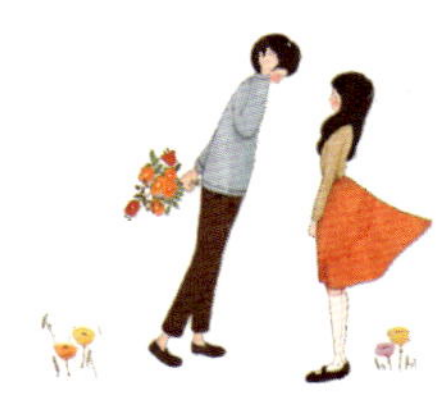

쉼표 넷

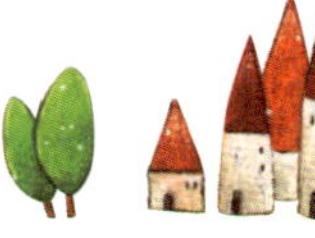

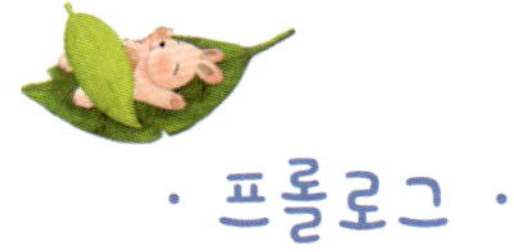

"살아가면서 너무 늦거나 너무 이른 건 없다.
넌 뭐든지 될 수 있어.
꿈을 이루는 데 시간제한은 없단다.
지금처럼 살아도 되고 새 삶을 시작해도 돼.
최선과 최악의 선택 중 최선의 선택을 내리길 바라마.
　　　　……
네가 새로운 걸 보고 새로운 걸 느꼈으면 좋겠다.
너와는 생각이 다른 사람들을 만나며
후회 없는 삶을 살면 좋겠구나.
조금이라도 후회가 생긴다면 용기를 내서…
다시 시작하렴."

– 〈벤자민 버튼의 시간은 거꾸로 간다〉 中

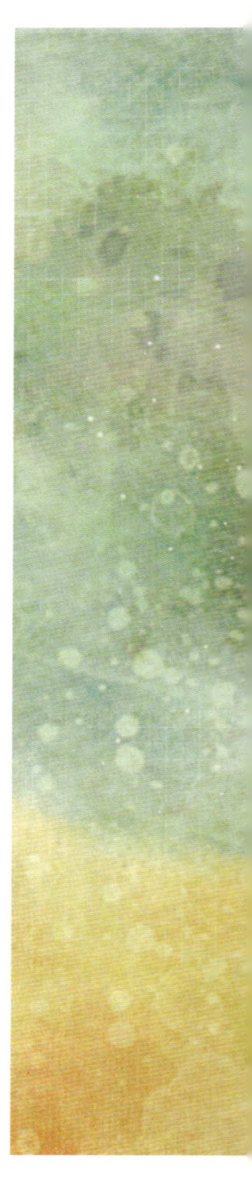

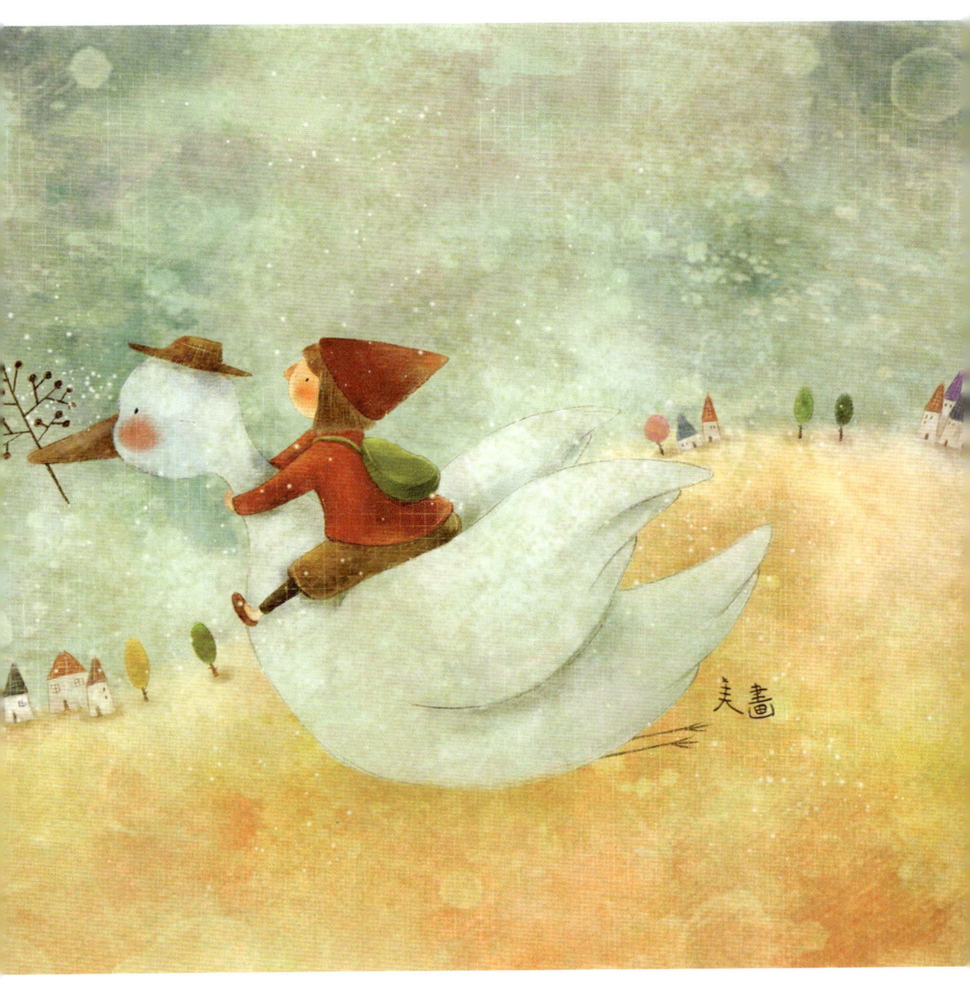

스무 살이 되면 당연히 어른이 되는 줄 알았어.
서른 살이 되면 인생의 많은 일들이
이루어져 있을 줄 알았지.
그런데 막상 서른 살이 되고 보니 변한 건 별로 없는 거야.
오히려 더 많이 조급했고 아직도 서투른 것투성이야.

지금 걸어가고 있는 이 길이 내 길인지 확신할 수 없고,
내 옆에 있는 사람이 어떤 사람인지도 잘 모르겠어.
하지만 더 이상 키가 자라지 않는 나이니까
어른이라 생각했고
그렇게 어른이 된 척 행동해야 하는 순간들이 많았지.

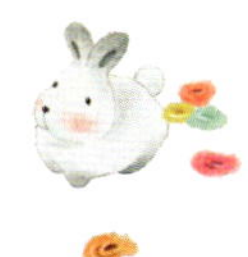

있는 모습 그대로 바라보기보다는
다른 사람의 시선에 맞춰
세상을 바라보는 것에 점점 익숙해져 갔다고나 할까.
그렇게 다른 사람의 시선으로 나를 비교했고
혹시나 실패할까 두렵기도 했어.
솔직한 감정을 드러내는 것은
다른 사람들에게 나의 약점을 드러내는 것이라고 생각했지.

하지만 어느 날 문득 돌아보니
나는 그저 나일뿐이더라고.
누구와도 비교할 수 없고
그 누구도 가보지 못한 길을 열심히 가고 있더라.
이제는 키만 큰다고 어른이 되는 것이 아니라
이렇게 저렇게 내 자리를 찾아가고 있는 모습을 보면서
조금씩 어른이 되어가고 있구나 생각해.

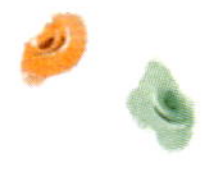

아직은 너무 어설프고,
때론 남보다 느린 것 같아 초조해 하고,
어떤 때는 철없는 어린아이의 모습으로,
솔직한 감정을 표현하길 두려워하지만
이대로도, 지금 이 모습도 괜찮은 것 같아.
아직은 끝난 게 아닐테니까.

단지 지금은 삶의 한 과정일 뿐이잖아.

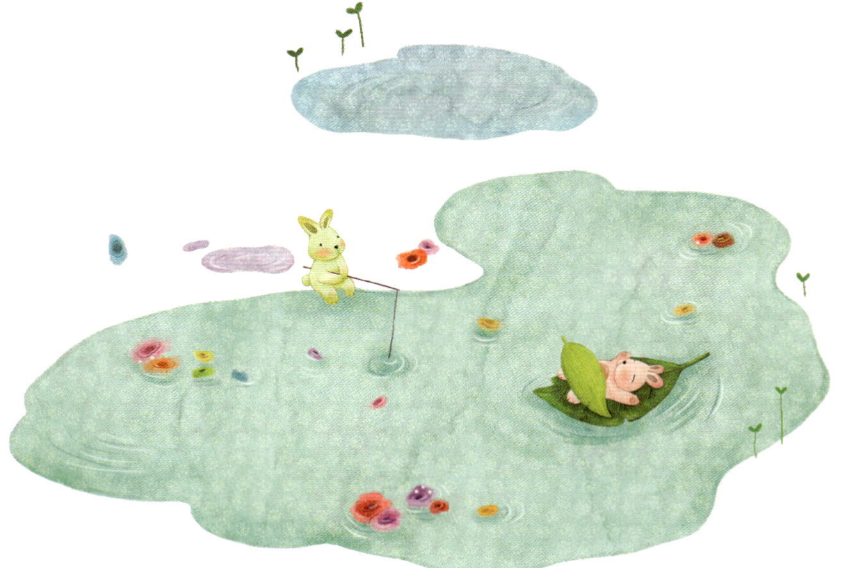

말은 쉽지만,
나를 사랑하는 것이
가장 먼저

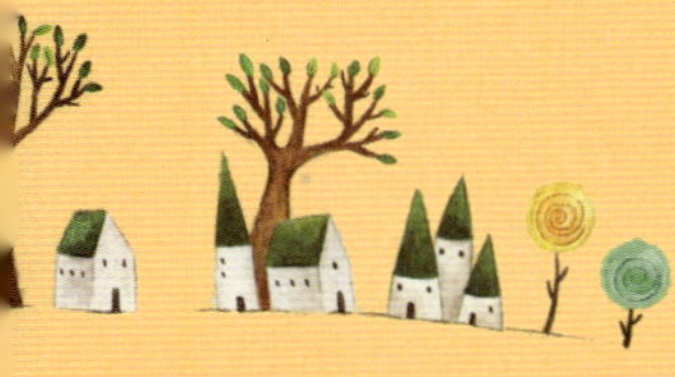

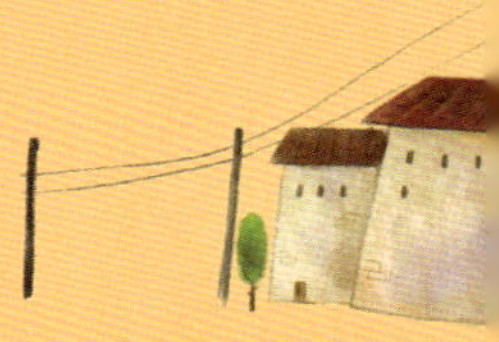

남들이 뭐라건 그건 그 사람들 사정이지.
내가 무시하고 신경 안 쓰면 그만이잖아.
상처는 남이 주는 게 아니라
허약한 내 맘이 스스로 받는 거야.

– 〈아직도 결혼하고 싶은 여자〉 中

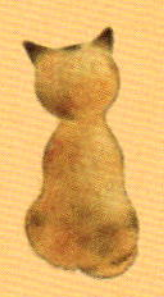

· 감정 사용 설명서 ·

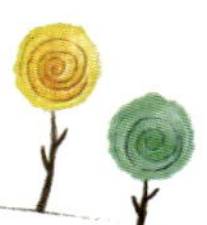

한 늙은 인디언 추장이 손자에게,
마음에서 일어나는 '큰 싸움'에 대해 이야기했어.

"애야, 우리 모두의 마음속에는
싸움이 일어나고 있단다. 두 늑대 간의 싸움이지.
한 마리는 악한 늑대로,
그 놈이 가진 것은 화, 질투, 슬픔, 탐욕, 거만,
죄의식, 열등감, 자만심, 우월감 그리고 이기심이란다.
다른 한 마리는 선한 늑대인데,
그 놈이 가진 것들은 기쁨, 평안, 사랑, 소망,
겸손, 평온함, 친절이란다."

손자가 추장 할아버지에게 물었지.
"그럼 어떤 늑대가 이겨요?"
추장은 간단하게 대답했어.

"네가 먹이를 주는 놈이 이기지."

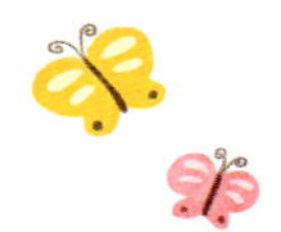

화, 질투, 슬픔, 탐욕, 거만,
죄의식, 열등감, 자만심, 우월감, 이기심
그리고 기쁨, 평안, 사랑, 소망, 겸손, 평온함, 친절.
사람들 마음속에 자리한 감정의 이름은 너무나 많지.
보통은 하나의 감정을 깊게 느끼기보다
많은 감정이 뒤섞여 있어.
아무렇지 않은 것처럼 아무 감정도 느끼지 못할 때가 많지.
때론 너무 화가 나기도 하고
슬픔으로 주체하지 못할 때도 있어.
견디기 힘들 정도로 감정이 솟구쳐 오르는 건
평소 꾹꾹 눌러오던 것들이 흘러넘쳐서일지도 몰라.

그럴 때면 열등감에 빠져 괴로워하기도 하고
한껏 들뜬 자만심과 우월감에 잘난 체하기도 해.
기분이 너무 좋아지고
모든 사람에게 한없이 친절해질 때도 있어.

화, 질투, 슬픔과 같은 감정들도 모두 필요한 감정일 거야.
질투는 경쟁심을 불러 일으켜 우리에게 열정이라는
또 다른 긍정의 열매를 주기도 하고,
죄의식은 잘못을 반성하도록 만들어주기도 하니까.

화가 나도 괜찮고 질투가 나도 상관없어.
누군가 내 것을 빼앗아 가는 순간이 있을 수 있고
이 세상에는 나보다 잘난 사람도 많으니까.
너무 기뻐서 웃고
다른 사람에게 한없이 친절할 수 있는 순간이 있다면
그것 또한 괜찮은 일이지 않을까.

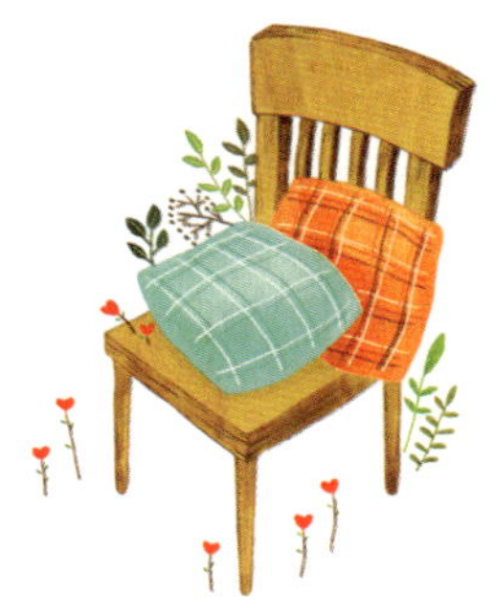

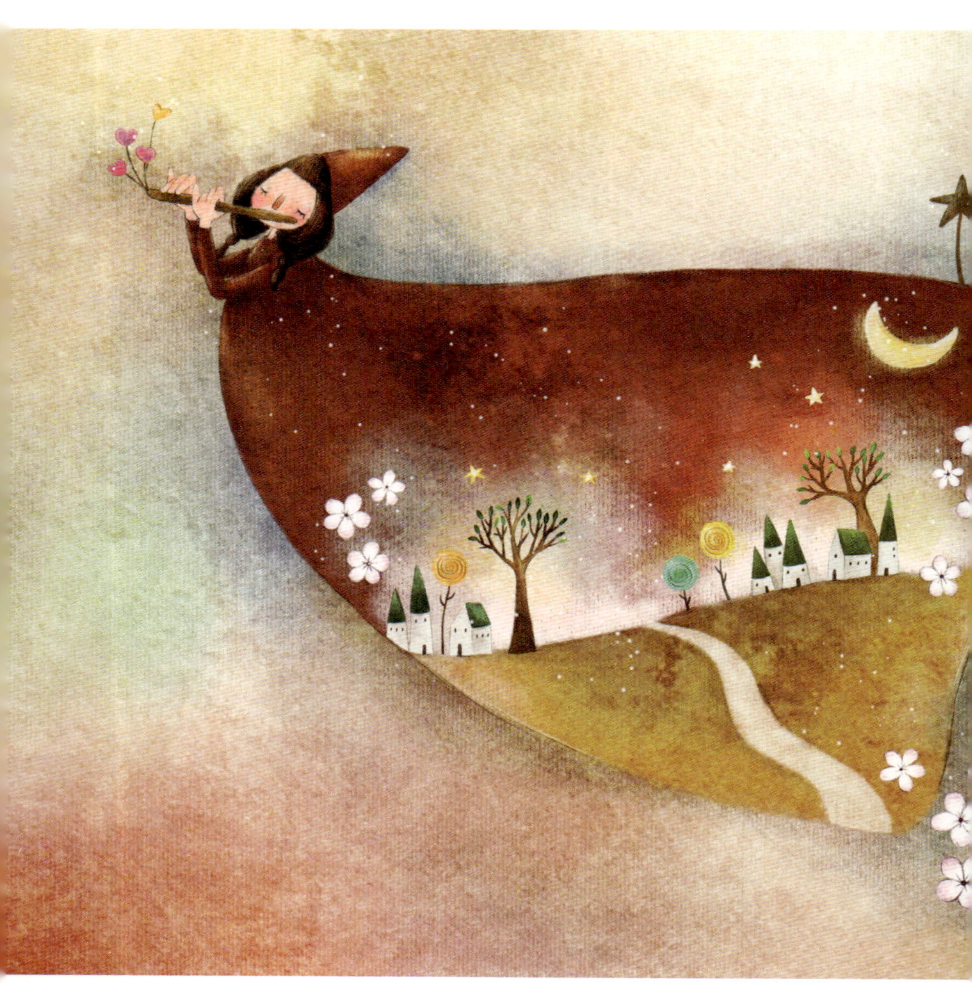

쉼표하나,

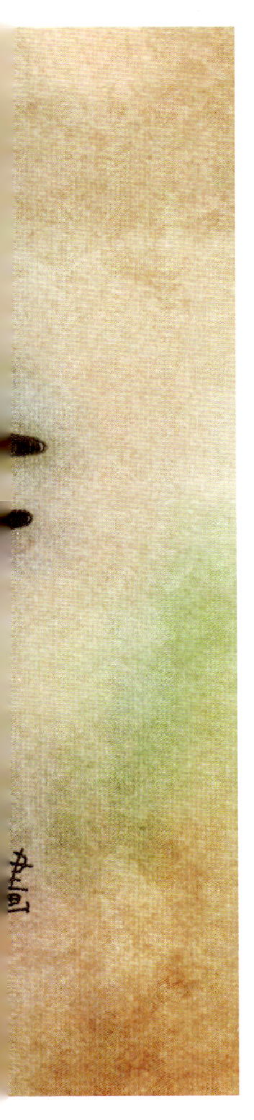

더 이상 감출 필요는 없어.
세상사는 일이
울고 웃고 마음 아프고 또 감사하고
그래서 더 소중한 거니까.

· To me, you are perfect. ·

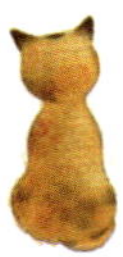

어린 시절엔 부러운 게 참 많았어.
세세한 것 하나 기억 못할 정도로
모든 게 부러웠던 것 같아.
지금 생각하면 그때의 나는
가지고 있던 소중한 것은 보지 못하고
다른 사람이 가지고 있는 것만 바라보며 부러워했지.
나 외에 다른 사람들은 모두 완벽해 보였거든.

그런데 어느 날 열등감에서 벗어나 보니
나를 그렇게 봐주는 사람들이 있더라.
그들도 말할 수 없이 완벽해 보였지만
그들은 나의 모습을 바라보며 부러워하고 있었어.

모두들 완벽하다고 생각했는데
세상에 그런 사람은 없는 것 같아.
단지 나에게 없는 부분이 있을 뿐.

일 더하기 이가 삼인 이유는
나 하나와 우리 둘이 더해져
새로운 삶을 만들기 때문이 아닐까.

그렇게 모자란 부분을 채워 가면
좀 더 재미있는 세상을 만들 수 있겠지.

그래서 나는,
그리고 너는
세상에 하나밖에 없는,
그것만으로도 완벽한 사람이야.

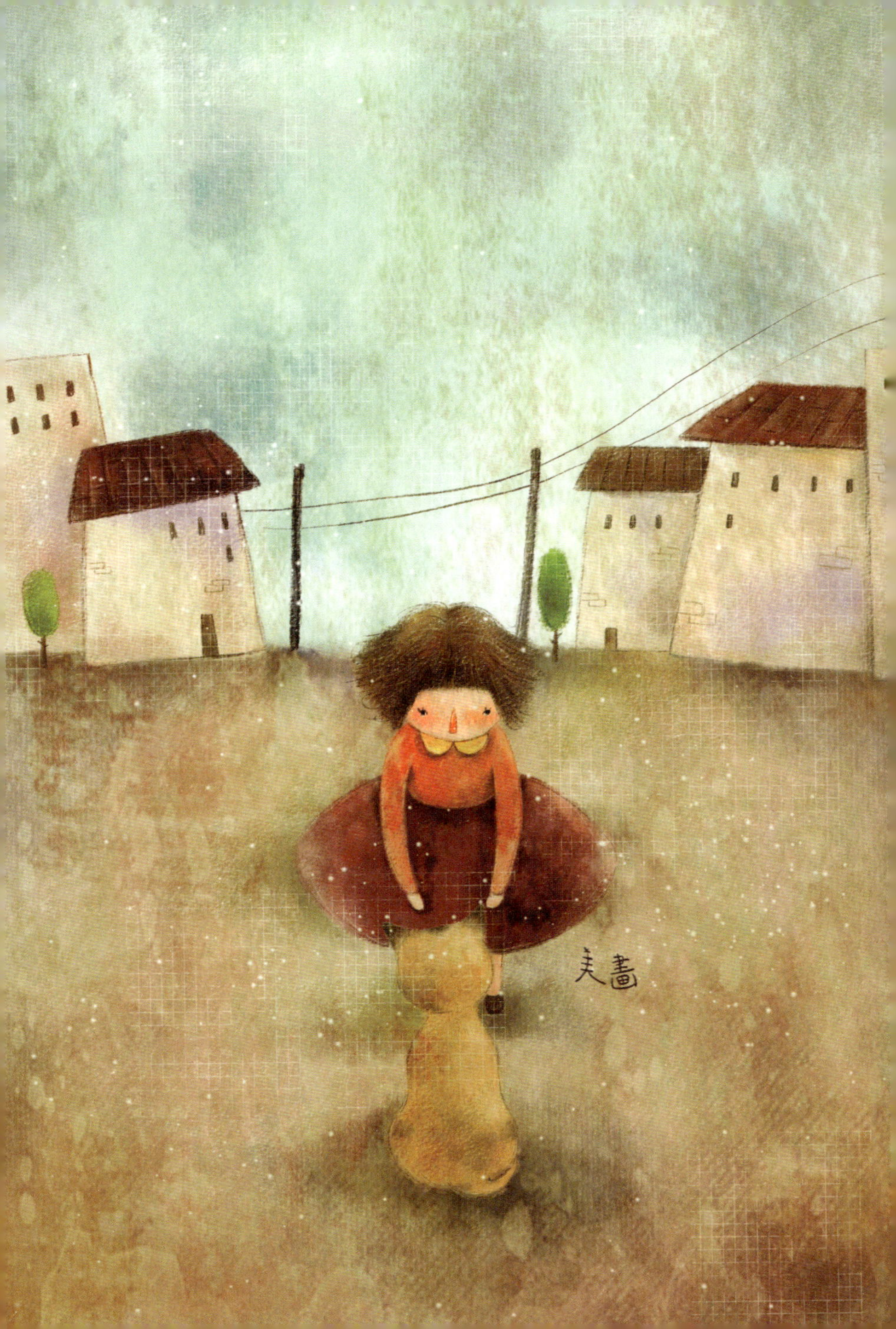

나와 다른 사람.

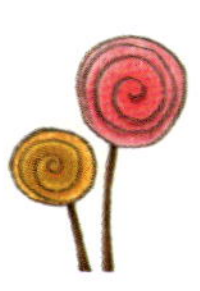

이 세상에 나와 다른 사람은 아주 많아.
그 사람들은 나와 다른 것이지 틀린 게 아니야.

시험 답안지를 체크할 때
답이 틀렸다고 하지, 답이 다르다고 하지 않잖아.
답이 다르다는 건 수학문제의 답을 보며
영어 점수를 매길 때나 해당되는 말이지.

수학문제와 영어문제가 다른 것처럼 너와 나도 다른 거야.
나와 다르다고 해서 정답이 아니라고 체크해버리면
평생 그 문제의 답은 알 수 없겠지.

가끔 이런 진리를 인정하지 않고 다른 사람이 모두
내 마음 같아야 한다고 생각할 때가 있어.

'그럴 수도 있지. 원래 그런 사람이니까.'
그렇게 생각하면 될 일을
'나는 그런데, 너는 왜?'라고 생각하니
복잡하고 어려워져.

수학문제와 영어문제의 정답을
내 마음에 들고 안 들고로 정할 수 없듯이

다르다는 것은
내 마음대로 정할 수 있는 게 아니야.
사람은 저마다의 모습 속에
답을 숨기고 있거든.

내가 먼저 받아들여야
그 사람도 나의 모습 그대로를 인정할 수 있어.

그 사람에겐 그저 나도
다른 사람일 뿐이니까.

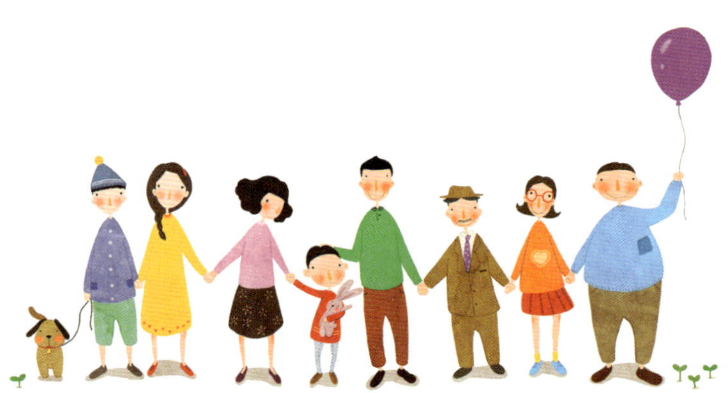

마음치유력

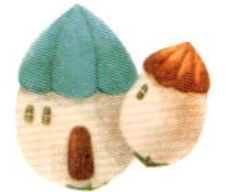

신기하게도 사람의 몸은 특별한 치료를 하지 않아도
아픈 곳이 저절로 회복되는 능력이 있어.
심하게 다쳤거나 아파서
병원에 가야 하는 상황이 아닌 이상
가만히 두면 저절로 아물고 치유되는….

사람의 마음도 몸과 같아.
살다보면 죽을 것처럼 아플 때가 있지만
그렇다고 정말로 죽지는 않잖아.
시간이 지나면 그 마음 또한
예전의 괜찮았던 마음으로 다시 돌아가게 돼.

아플 땐 아파하고
슬플 땐 슬퍼할 수밖에 없어.
그렇게 그냥 있다 보면 어느 샌가 다시 괜찮아지겠지.

괜찮아지는 데 시간이 걸리는 이유는
다른 사람보다 마음의 면역력이 조금 약해서일 뿐이야.

시간이 약이라는 말이 진부하게 들릴 수 있겠지만
아직 시간보다 더 좋은 약을 찾진 못한 것 같아.

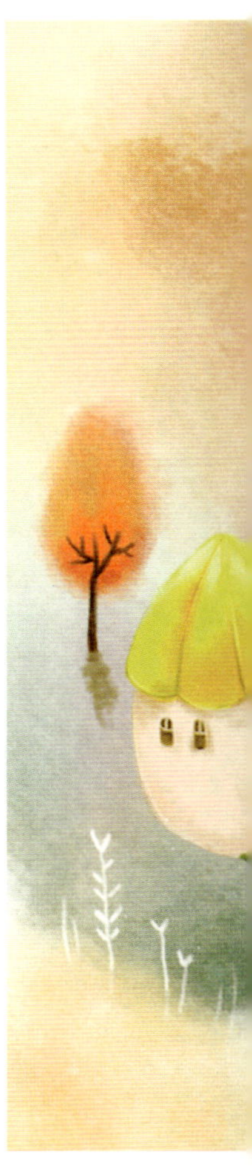

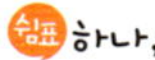

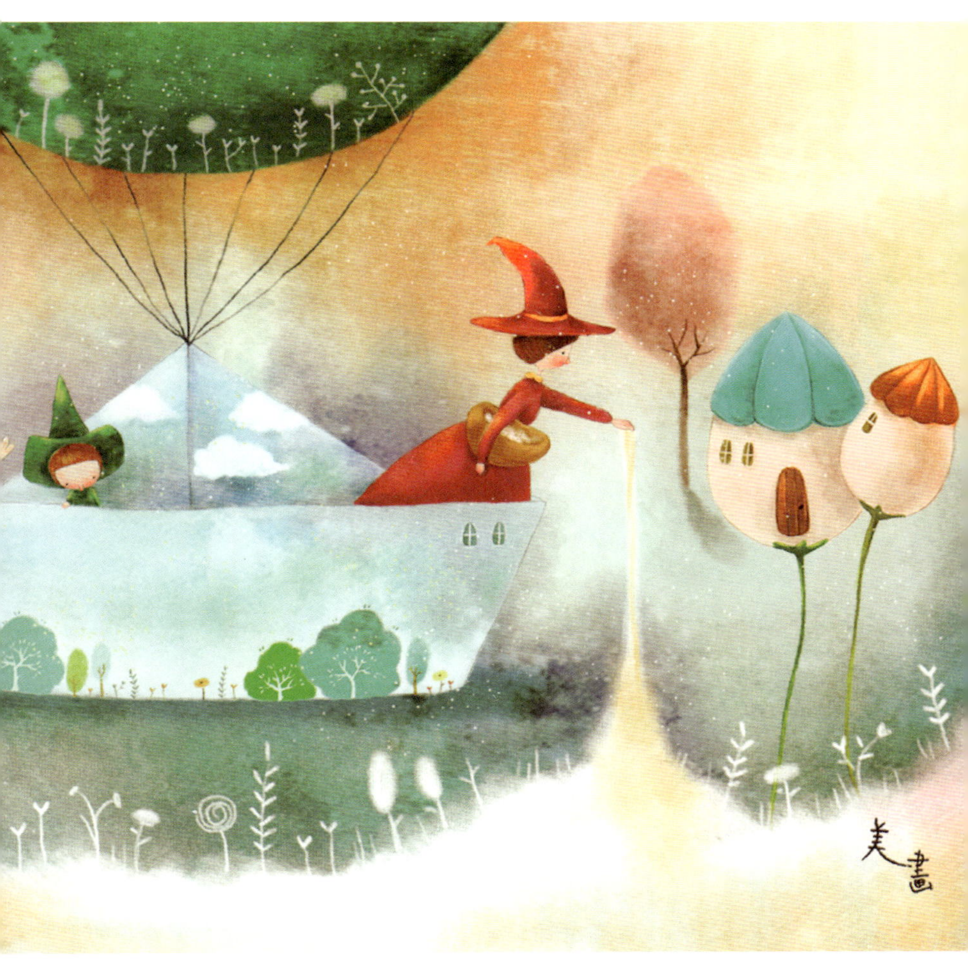

관계의 안전거리

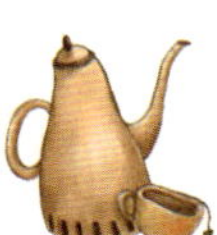

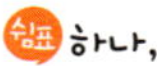

도로 위를 달리는 자동차 간에는 안전거리라는 게 있어
어느 정도 거리를 유지해야 한데.
그렇지 않으면 급정거 하거나 빗길에 미끄러졌을 때
부딪쳐 큰 사고가 날 수 있거든.

자동차뿐 아니라 사람 사이에도
그만큼의 안전거리가 필요해.

친구라는 이유로 혹은 가족, 연인이라는 이유로
모든 것을 함께하고자 하거나 무조건적인 이해를 바란다면
어느 순간 그런 것들은 부담으로 바뀔 수 있어.

서로의 마음속에 배려라는 거리를 유지하고
속도를 맞춰나간다면 오해와 이기심으로 생기는 사고들을
방지할 수 있지 않을까.

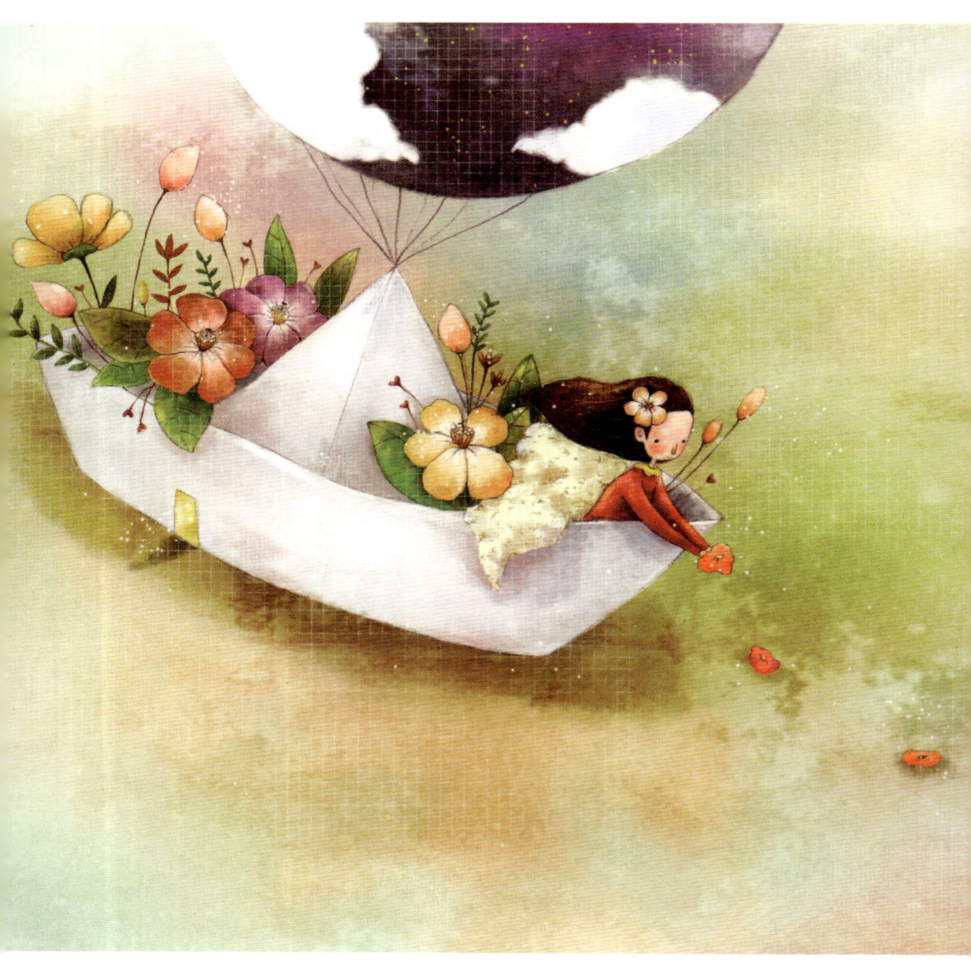

교통사고와는 다르게
마음이 부딪혀 난 사고는
보험처리도 안 되는데,
미리미리 조심해야지!

나만 모르는 것

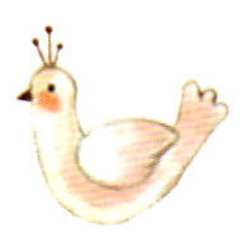

쉼표하나,

신화 속에는 억울해 보이는 인물들이 몇 있어.
그중에 아틀라스라는 신이 있는데,
거인 신으로 일족이 제우스와 싸워 패하자
하늘을 두 어깨로 떠받치고 있으라는 벌을 받게 되지.
일족의 신으로서 책임은 져야겠지만
그렇다고 혼자 하늘을 어깨로 떠받치고 있으라니
착한 것도 정도가 있지 그건 좀 과하지 않은가 싶기도 해.

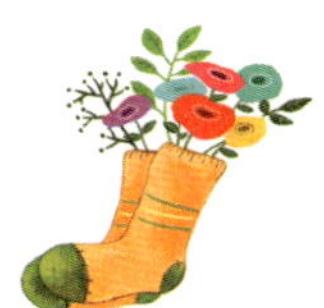

요즘 주변을 살펴보면 아틀라스처럼 착한 사람들이 넘쳐나.
착한 척인지 아니면
진짜 모습인지는 알 수 없지만
어깨가 무거워 보일 때가 많아.
그들은 마치 슈퍼맨이 된냥
좋은 애인, 좋은 상사, 좋은 부하,
좋은 친구가 되기 위해 노력하지.
주변 모든 사람들의 요구를 다 들어 주고,
스스로 모든 문제를 다 해결할 수 있는
그런 사람이 되려고 말이야. (내 이야기이기도 해.)

우리는 모두 한 가지씩,
혹은 그 이상의 역할들을 하며 살아가.
그런데 혹시나 그 많은 역할들을
완벽하게 하기 위해
너무 애쓰면서 살아가고 있는 건 아닐까?

뭔가를 해야만 칭찬받을 수 있다고
오해하며 살아가고 있진 않은지.
세상을 두 어깨에 짊어진 것 같은 무거움이 느껴진다면
이제는 덜어내도 괜찮아.
그렇게 애쓰지 않아도 이미 충분히 괜찮은 사람인데

신기한 건 그걸 본인만 모른다는 거.

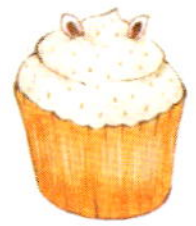

이기적이어도 괜찮아.

후회 없는 삶을 살아가기 위해서는 어떻게 해야 할까?
주어진 일들을 열심히 하고, 남을 이해하고 도우면
후회가 없을까?

열심히 살아가는 것도 중요하고
남을 이해하고 도우며 살아가는 것도 훌륭하지만,
그것과 더불어 반드시 갖춰야할 건 지혜라는 생각이 들어.
열심에도 지혜가 필요하고
다른 사람을 이해하고 돕는 일에도 지혜가 필요해.

지혜 없는 열심은 몸과 마음을 망가뜨릴 수 있고
지혜 없는 이해와 도움은 오래도록 같은 마음일 수 없겠지.

주어진 일들과 다른 사람들에게 집중했던 시선을
잠시 나에게로 돌려보면 어떨까?

나를 사랑하지 못하고, 나를 아끼지 못하는 사람이,
진심으로 다른 사람을 사랑하고 아낄 수 있을까?
자신에게 확신 없고, 자신에게 불만인 사람이,
다른 사람의 성공 앞에 흔쾌히 박수쳐주기도 쉽지 않겠지.

이따금씩 우리 삶을 돌아보면
'참 애썼다'라는 생각이 들 때가 있어.
힘겨운 세상에서 티내지 않고 기죽지 않으려고
애쓰며 살아가고 있지.

이제는 자신을 아끼고 사랑하고
배려하며 지내도 괜찮을 것 같아.
그럴 땐 조금 이기적이어도 괜찮잖아.

내가 힘 있고,
내가 기쁘고,
내가 위로받고,
내가 씩씩해야,
주변을 돌아볼 수 있을 테니까.

· 세상 모든 사람이 날 좋아한다면 ·

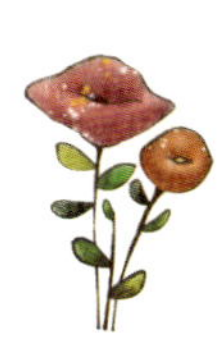

세상 모든 사람이 날 좋아하면 좋겠다고
생각했던 때가 있었어.
모든 사람들의 마음속에 착한 사람으로
혹은 좋은 사람으로 기억되고 싶었거든.
내 행동이나 말이 다른 사람의 마음을
상하게 하지는 않았는지 항상 반성하고
나를 받아달라며 그들의 주위를 맴돌았지.

그러다 결국 지쳐 나가떨어지거나
상처 난 마음을 끌어안은 채
또다시 거절당할까
다른 사람에게 다가가기를 두려워했어.

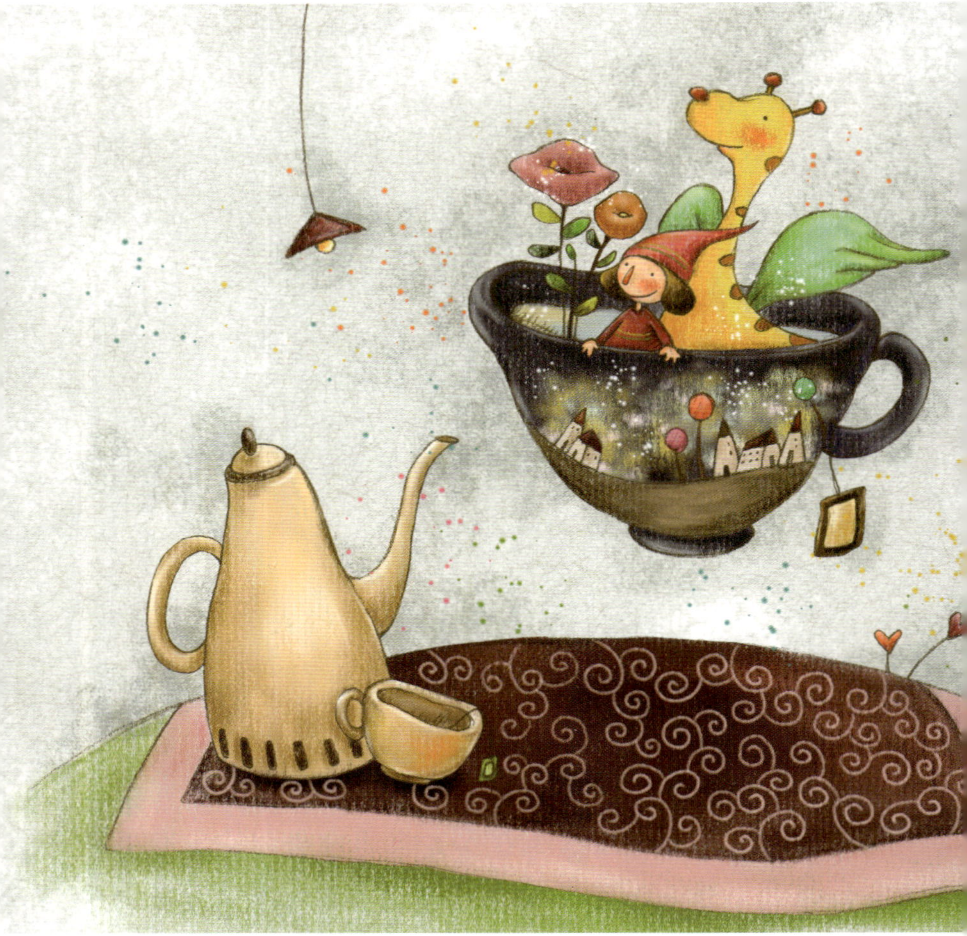

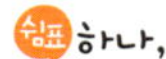

생각해보면 나도 분명히 싫어하거나
관심 없는 사람들이 있어.
심지어 그들이 나에 대해 어떻게 생각하든지
신경조차 쓰지 않을 때도 있지.

누구나 싫어하는 사람도 있지만
반대로 좋아하는 사람도 있어.
세상 모든 사람이 날 좋아할 수 없듯이
나도 세상 모든 사람을 좋아할 수는 없는 거야.
그냥 나와는 맞지 않는 사람이겠지.

사람과의 관계에는 엄청난 노력과 에너지가 필요해.
그런 마음의 에너지를 나와 맞지 않는 사람에게
쏟아버리면 정작 사랑하는 사람들에게 쏟을 에너지는
하나도 남지 않게 될 거야.
지금 이 순간 소중한 마음의 에너지를
길바닥에 쏟아버리고 있지는 않은지…….

…아깝잖아.

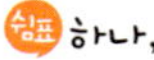

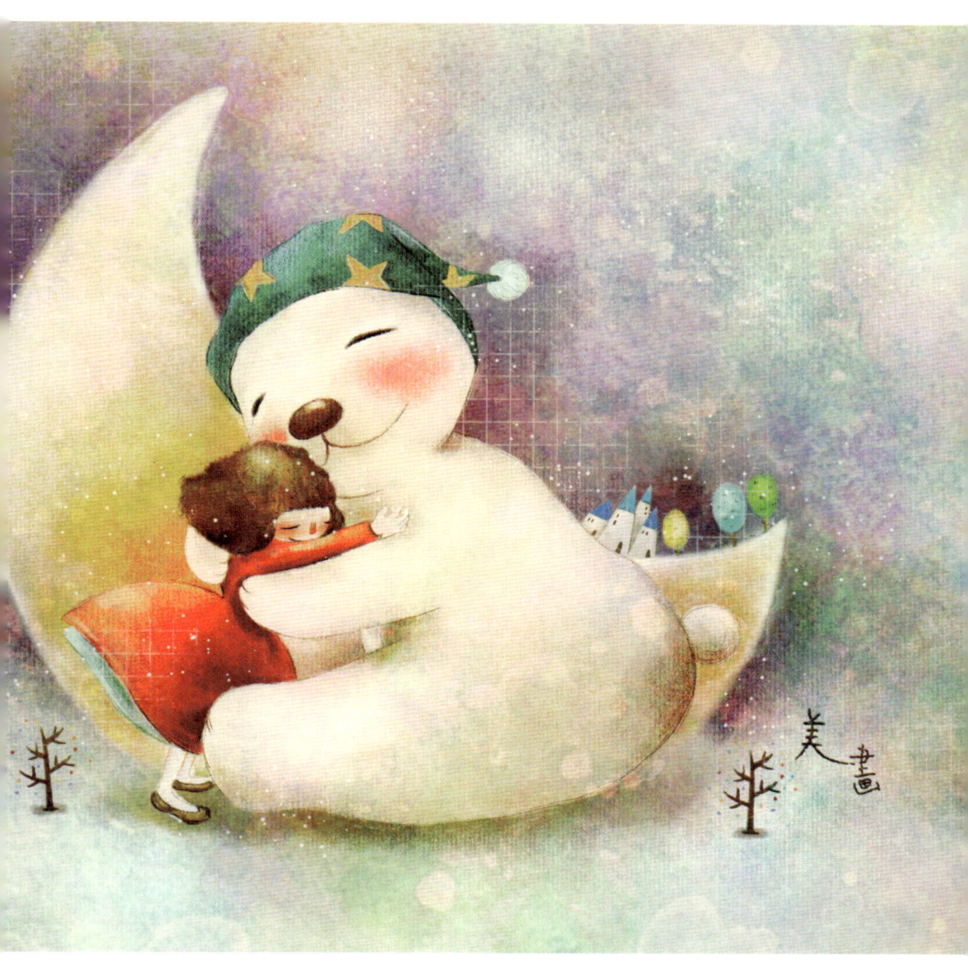

비

밀

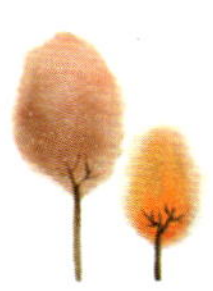

가보지 않고는 알 수 없지만,
굳이 가볼 필요가 없는 길도 있는 것,
비밀이라는 건 그런 거야.

때론 모르는 게 약이고
알 필요가 없는 경우도 있거든.

비밀을 알게 되는 순간 천근만근 같은 무거움으로부터
자신을 지켜내야 해.
그래서 알지 말아야 하는 비밀이라면
모르는 척할 수 있는 용기도 필요한 것 같아.

말보다 깊은 것

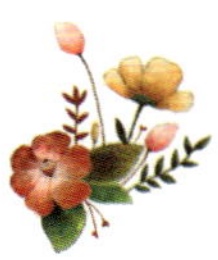

소금은 알맞게 쓰면 좋은 맛을 내지만,
과하면 짠맛이 음식을 망쳐놓지.

말이란 소금과 같아.

그 말은 적게 사용할수록 좋다는 뜻이기도 해.
확실하게 표현해서 좋을 때도 있지만
그 표현이 좋은 감정의 표현이 아닌 이상
하고 싶은 말을 다 해버리면 후회할 일이 늘어나잖아.

자신이 쏟아낸 말을 지킬 능력이 있는 사람이 몇이나 될까?

요즘 인터넷 악플로 다른 사람의 마음에
생채기 내는 사람들이 많아.

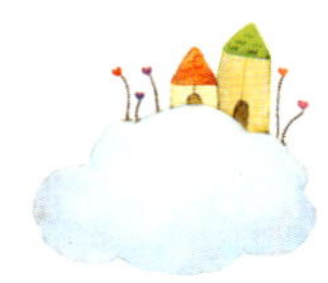

다른 사람의 죽음 앞에서 혹은
죽을 만큼 찢어지는 마음 앞에서
자신이 무슨 이야기를 하는지도 모른 채 쏟아내기만 하지.
그렇게 쌓아놓은 말 뒤로
숨어 버리는 모습이
참 약해 보이기도 하고,
어리석기도 하고,
불쌍하게도 보여.

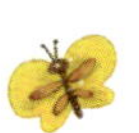

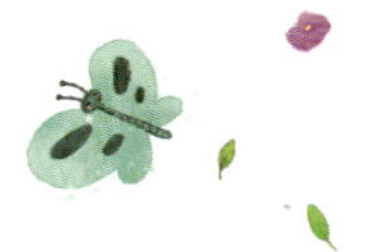

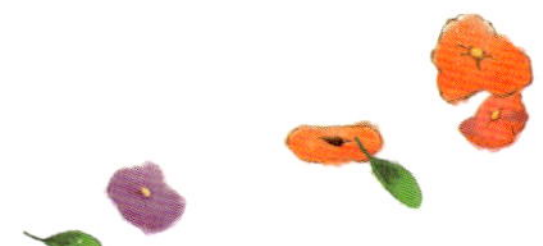

· 그럴 수밖에 없었다 ·

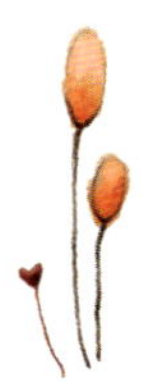

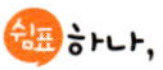

핑계 같지만
그때마다 그럴 수밖에 없는 이유가 있었어.

핑계처럼 들리지만
그 사람도 그때마다 그럴 수밖에 없는 이유가 있었던 거야.

그걸
지금은 알 것 같아.

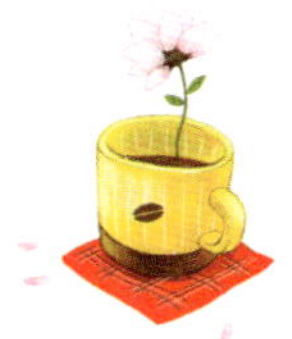

믿음 ·

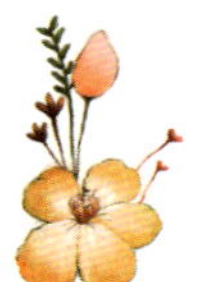

타인에 대한 믿음이 없는 사람은
자신에 대한 믿음도 없더라.

누군가를 향해 나를 믿어주지 않는다고
원망을 쏟아내던 순간들이 있었어.
그때는 이해되지 않았고 화만 났거든.
그런데 원망의 눈을 걷고 보니
그 사람은 자신을 믿지 못했기에
다른 사람도 믿을 수 없었던 거야.

그렇게 생각하니 다른 사람에게 믿어달라고 하기보다는
자신에 대한 확고한 믿음이 있는지
들여다보는 것이 더 중요하다는 생각이 들었어.

다른 사람의 마음보다
자신을 믿는 마음이 있다면
그것으로 충분해.

나에 대한 믿음은
나를 단단하게 만들어주니까.

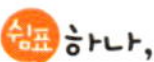

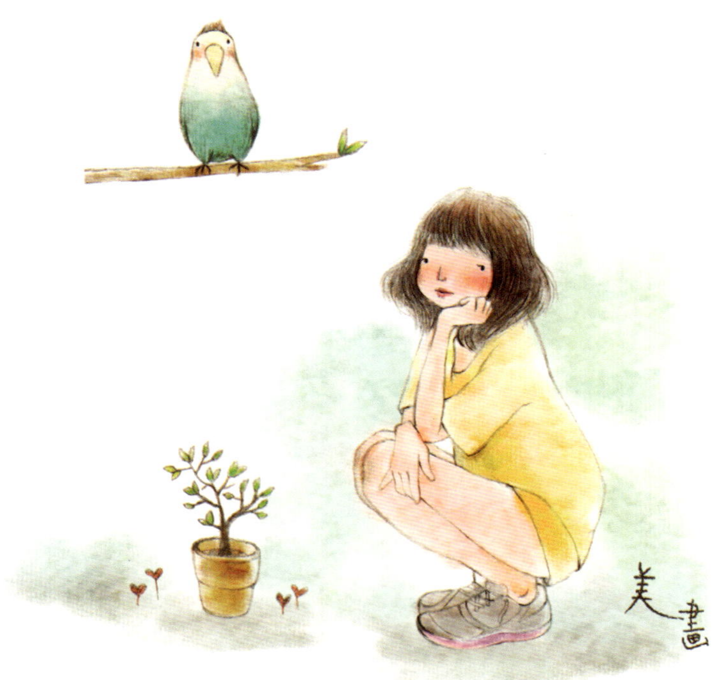

· Give and take ·

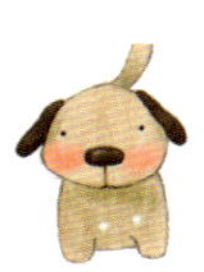

무조건 주기만 하는 사람이 있고
무조건 받기만 원하는 사람도 있어.
먼저 받으면 주겠다는 사람이 있고
먼저 주고 보겠다는 사람도 있어.

누가 제일 좋을까?

인생 혹은 사랑은
주고받는 것(give and take)이라고 하지.

그것이 마음이든 물질이든
기본적으로 준 만큼 받길 원하는 게 사람 마음이야.
하지만 그게 자로 잰 듯 매번 적용되지는 않더라.
주는 만큼 받지 못할 때도 있고
주는 것보다 더 크게 받기도 해.

부모님께 받은 사랑 그대로 돌려드리기는 힘들지만
부모가 되었을 때 그 사랑을 자녀들에게 주게 되는 것처럼
누군가 나에게 친절을 베풀어 감사한 마음이 들면
그와 비슷한 상황에서 똑같은 친절을 베푸는 게
쉬운 일이 될 수 있어.

주었으니 받아야지 생각하면
억울한 마음이 먼저 들고
결국 다시 주기도 힘들어지니까.

· 때로는 생략 ·

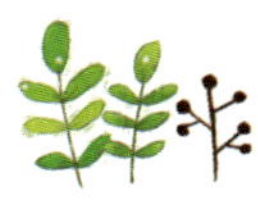

오늘도 책상 위에는 많은 책과 서류가 놓여 있어.
그리고 처리해야 할 일들이 많이 있지.
많은 사람들과 이야기를 해야 하고
마음속에는 끝없는 생각의 고리들이 연결되어 있기도 해.

우리는 하루 동안 참 많은 일을 하고
끝없는 생각들을 하며 살아가.
물론 그중에는 열심히 노력했지만
어쩔 수 없이 못하게 되는 것도 있는데,
하지 못해 놓쳐 버린 일들로 자책하거나
마음이 상할 때도 많아.

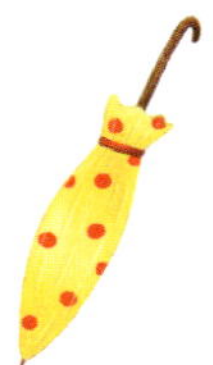

전부 다 잘하려고 아등바등 애쓰는 것보다
가끔 덜 중요한 것, 마음 쓰지 않아도 되는 것들은
지나칠 수 있는
마음의 결단이 필요한 것 같아.

다 못하면서도 그냥 넘기는 것이
무능력한 것처럼 느껴지기도 하지만
때로는 생략하고
흘려버려야 할 것들을 찾아내는 것이
삶을 더 풍성하게 만들기도 하지.
넘어가야 할 일은 과감히 건너뛰고 더 이상 생각하지 말아야
더 많은 일을 할 수 있어.

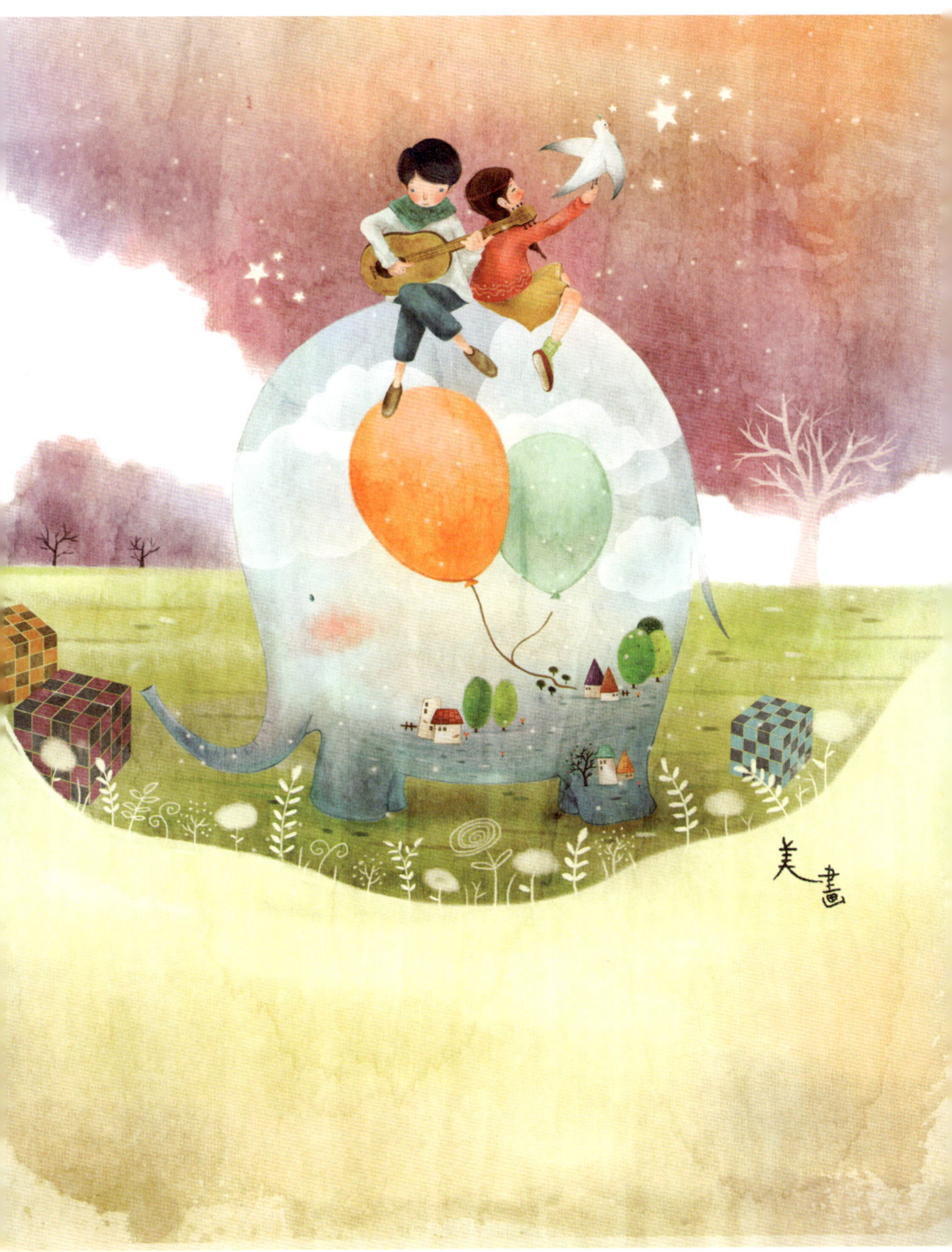

사람은 자신이 생각하는 그대로 만들어진다.

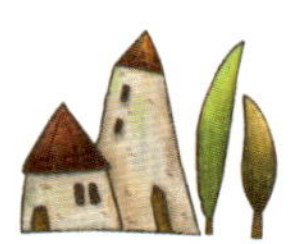

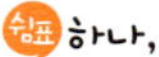

우울한 생각 속에 빠져있으면 정말 우울해져.
스스로 못났다 생각하면 정말 못난 사람이 되고.
얼굴 표정, 행동 하나하나에 마음이 드러나고
결국 그런 사람이 돼 버리지.

나의 가치를 평가할 수 있는 사람이
이 세상 어디에 있을까?

눈치 볼 것도 두려워 할 것도 없어.
가치는 자신이 만들어가는 거니까.

오늘도 나는 속으로 주문을 외워.
"나는 할 수 있다. 나는 해낼 것이다."
그 순간 나는 세상에 못할 것이 없는 사람이 돼.

사람은 자신이 마음속에서
생각하는 그대로 만들어지는 거야.

카르페 디엠,
당신을 응원하는
누군가

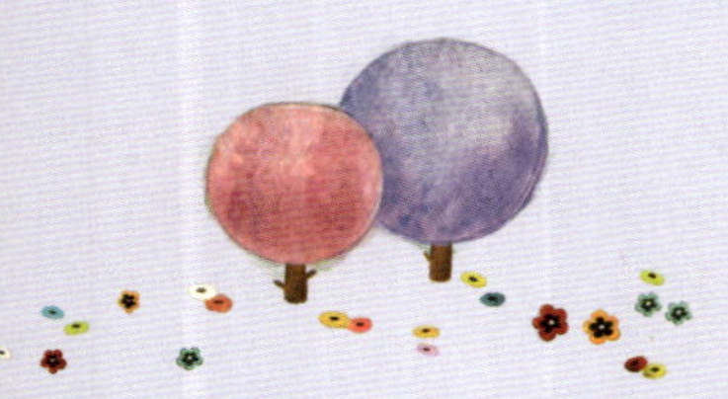

그는 당신이 바보라고 생각하지 않아요.
단지 귀머거리구나 하고 생각하겠죠.
정말 바보는 귀머거리를
바보라고 생각하는 정상인들이에요.

– 영화 〈작은 신의 아이들〉 中

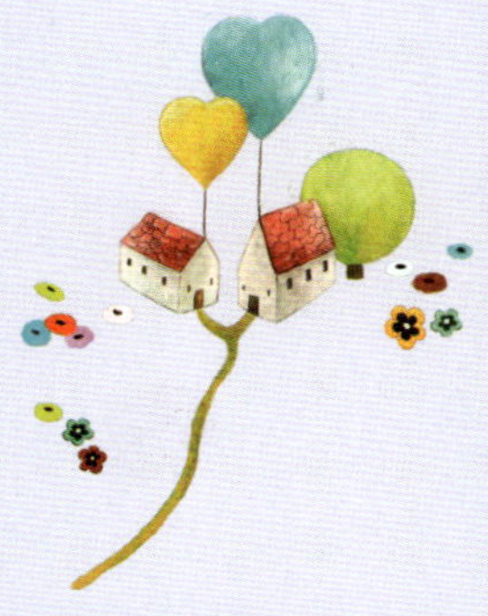

괜찮은 인생

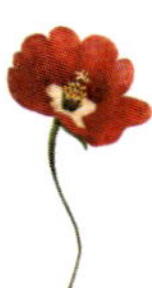

십대에는 스무 살이 되면 뭔가 새로워질 거라고 생각했어.
하지만 막상 그 나이가 되고 보니 새로운 것보다는
고민해야 할 것들이 더 많이 생기더라.
어디로 가야 할지 몰라 여기저기 기웃거려 보기도 했고,
용감한 도전인줄 알았던 일이 무모한 도전으로
끝나버리기도 했어.

삼십 대가 되면 뭔가 달라질 거라고 생각했어.
그런데 막상 삼십 대가 되고 보니
달라지는 건 별로 없더라고.
고민의 무게는 비슷했고 행동에 책임감이 더해졌지.
그다지 나쁠 것도 특별히 좋을 것도 없더라.

살면서 일방적으로 나쁘거나,
일방적으로 좋은 경우는 없는 것 같아.

불행은 행복과 함께 존재하고,
행복 또한 불행을 안고 있기 때문이지.

그래서 그냥 다 괜찮은 거 아닐까.

십대에도 이십 대에도 그리고 삼십 대에도
언제나 비슷한 고민의 무게,
책임의 무게를 안고 살아가잖아.
지금 이 순간 이 정도면
나쁘지 않은 인생인 것 같아.
그것만으로 충분히 괜찮고 멋있는 거 아닐까.

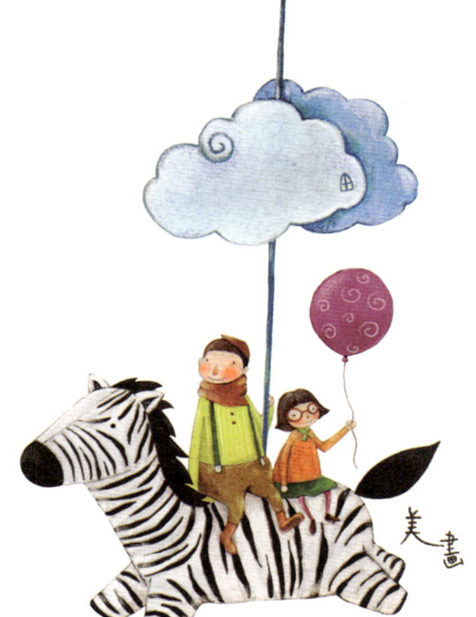

· 그냥 그저 그런 일 ·

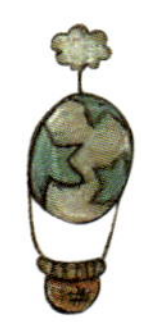

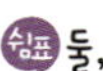

살면서 누군가에게 또는 어떤 상황 때문에
상처 받는 일이 종종 있어.
그 상처는 또 다른 누군가로 인해
그리고 다른 어떤 상황으로 인해 치유되기도 하고,
아니면 그냥 가슴 깊숙이 묻어두기도 하지.
피하고 싶어도 피할 수 없는
그냥 겪고 넘어가야 하는 일인 것 같아.
살다보면 생기는 흔한 일 가운데 하나인 것처럼.

사는데 아무런 근거 없이 이루어지는 일은 없어.
그리고 상처에는 그만큼 아파야 할 시간이 필요하지.
아파야 할 때 아프지 않으면
나중에 꼭 그 시간만큼 탈이나 버려.

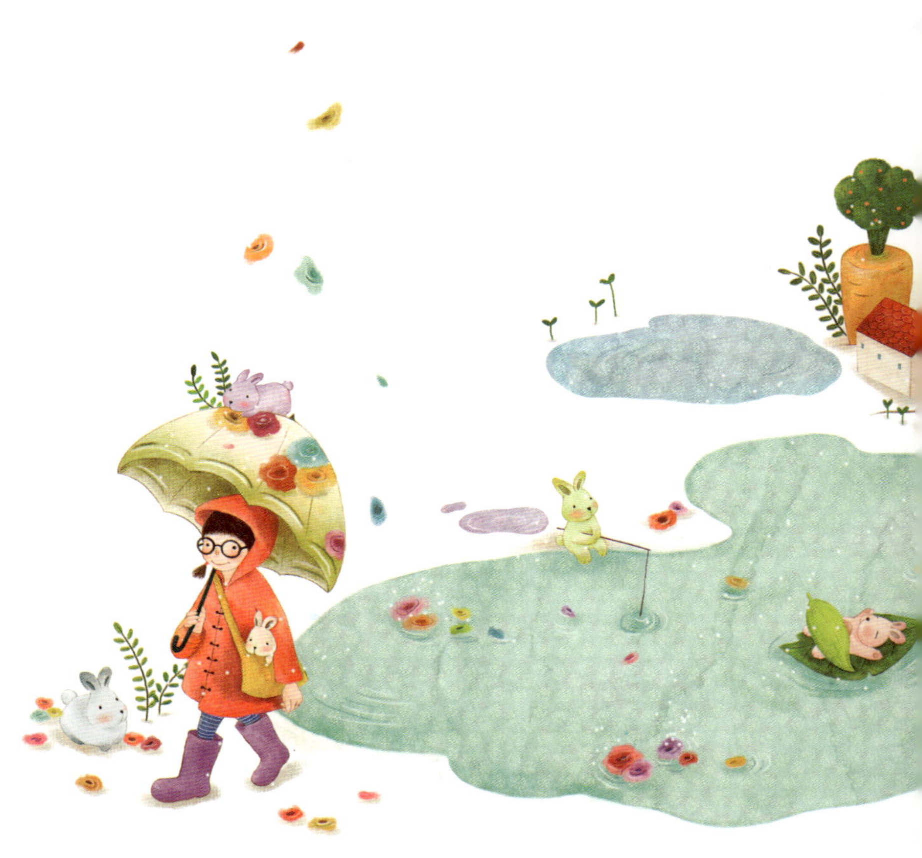

쉼표 둘,

지나고 보면 별거 아닌데
너무 신경 쓰다 보면
아픔에 아픔이 더해져
더 큰 상처로 남게 되잖아.

· 지 금 이 순 간 ·

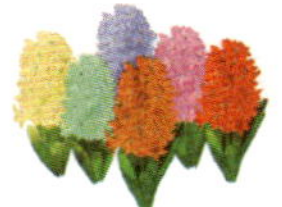

쉼표 둘,

시간을 잡고 싶어 아등바등했던 때가 있었어.
시간을 잡아야지 생각하며 최선을 다해 달려가다
문득 돌아보니
도리어 시간에 쫓기고 있더라고.

서두르는 것과 최선을 다하는 것은 다른데,
항상 서두르고만 있었던 건 아닐까.

다시는 돌아오지 않을 이 순간,
천천히 지금을 바라보는 게 더 중요하다는 생각이 들어.

오늘이 행복하지 않은 사람은
내일도 행복할 수 없으니까.

매듭

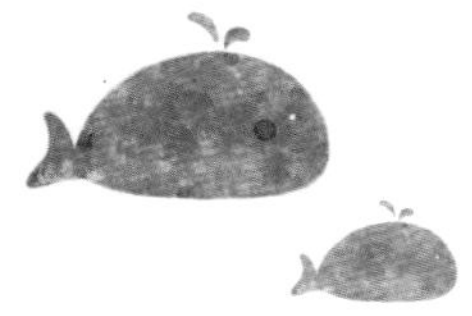

마음을 주었던 사람들이 떠나가는 때가 있어.
연인이든 친구든 가족이든
상황에 따라 각자의 삶을 따라가는 거지.
그런데 섭섭한 마음이 들고
상처로 남는 건 어쩔 수 없는 것 같아.

반복되는 헤어짐으로 인해
나는 오늘도 그만큼 마음의 벽을 쌓아가나 봐.
혼자 남겨질지도 모른다는 두려움 때문이겠지.
어찌 보면 단순히 인생의 한 순간을 매듭짓는 일일 뿐인데.

한해를 매듭짓고 나이를 한 살 더 먹은 이 순간에도
만날 때 기뻤던 것처럼 헤어질 때 감사하며
그래서 다시 만나면 더 기쁠 수 있는
풍성한 마음의 매듭을 가지고 있었으면 좋겠어.

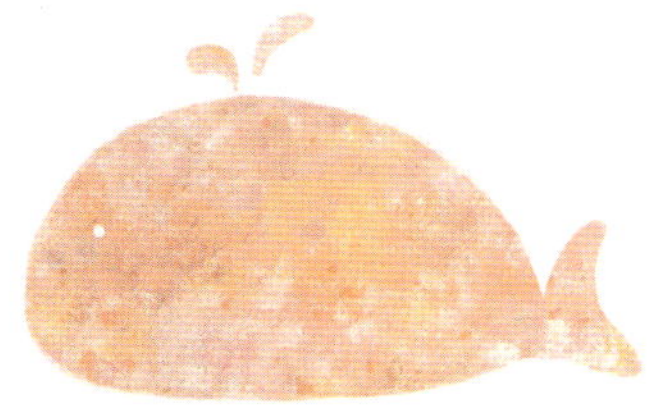

영혼의 구슬

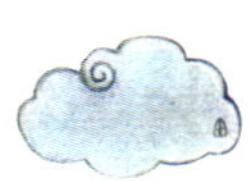

이란에서는 아름다운 문양으로 정성을 다해 짠 카펫에
의도적으로 흠을 하나 남겨 놓는데
그것을 '페르시아의 흠'이라고 부른데.
또 인디언들은 구슬로 목걸이를 만들 때
'영혼의 구슬'이라고 하는 살짝 깨진 구슬을 하나
꿰어 놓기도 하고.

아주 완벽한 것보다는
조금의 빈틈이
많은 사람에게 사랑받을 수 있다는
생각 때문이지.

사람도 마찬가지 아닐까.
뭐든 지나치게 완벽한 것보다 조금은 빈틈이 있어야
더 매력적으로 보이잖아.

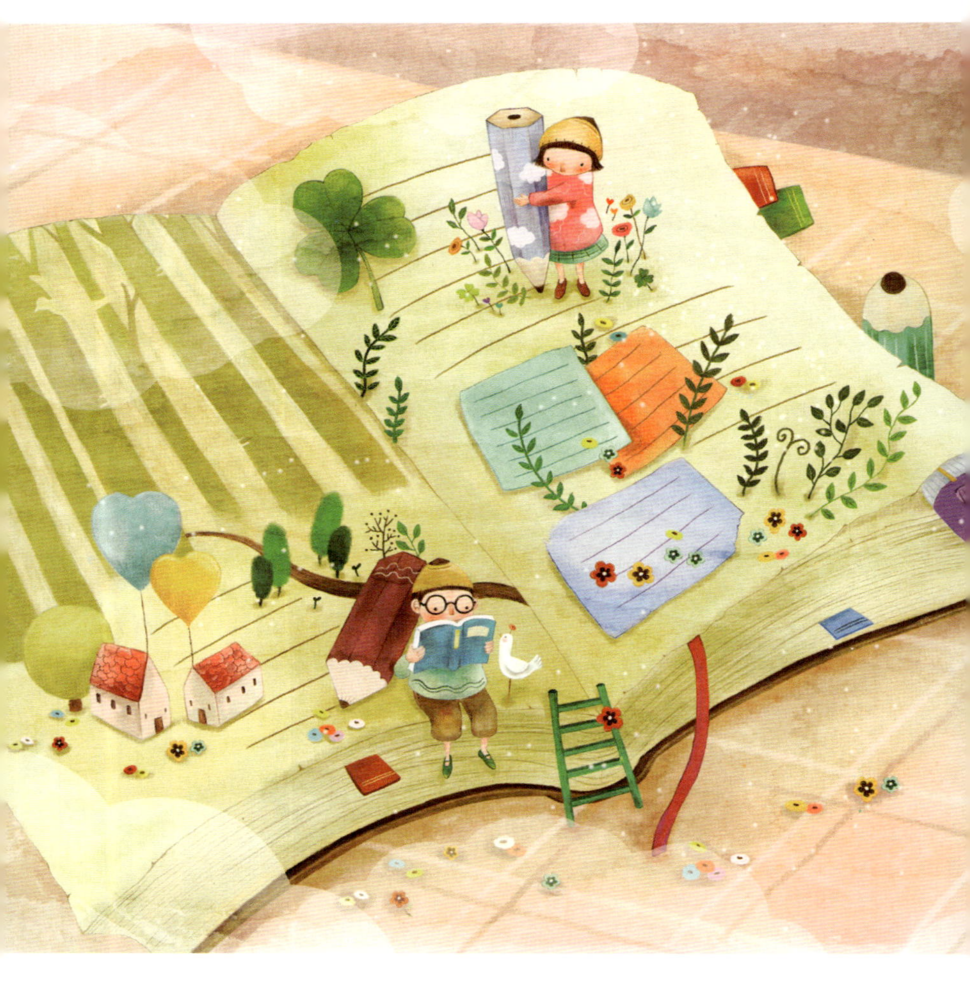

쉼표 둘,

약간의 빈틈이 사람을 더 인간적으로 보이게 할 수 있어.

사람들은 해가 갈수록 자꾸 완벽해지려고만 하고,
부족한 부분은 약점이라 생각해.
그래서인지 자신이 가진 것들에서
몇 곱절은 더 부풀려 약점을 덮으려 하더라고.

하나씩 꿰어가는 삶의 목걸이에
영혼의 구슬 하나 들어간다면
꿈꿨던 화려함보다 몇 배 더 아름다운
인생의 목걸이를 만들 수 있을 텐데…

나의 역할

쉼표둘,

요즘 영화나 드라마에서는 주인공 옆에 등장하는
조연의 역할이 더욱 빛날 때가 많아.
깨알 같은 재미를 주기도 하고
가슴 뭉클한 감동을 주기도 하지.
미친 존재감이라는 말이 생겨날 정도의 특별함으로
영화나 드라마를 풍성하게 만들어주는 역할을 해.

그들을 보면 꼭 주인공일 필요가 있을까 하는 생각이 들어.
그들도 그들 나름대로 영화나 드라마 속 그 장면에서는
숨은 주인공이잖아.
삶은 한 편의 영화이기에,
모두들 멋진 주인공이 되길 바라지만
매 장면 멋지고 화려한 주인공이 되기 위해
애쓰며 살기보다는
나만의 재미있는 영화를 만들어보는 것도
나쁘지 않아.

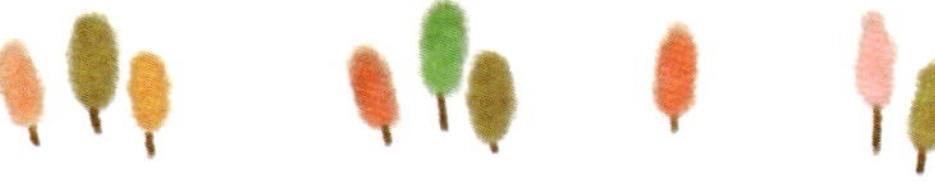

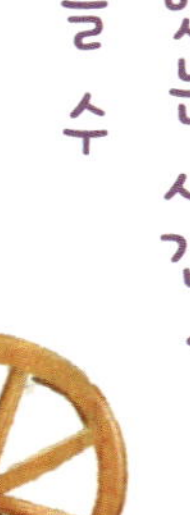

· 아무것도 하지 않을 수 있는 시간 ·

쉼표둘,

아무것도 하지 않는 것보다
뭐라도 하는 것이 낫다고 생각했어.
많은 경험이 인생에 큰 도움이 될 거라 했지만
결국 내 꿈에 대한 확신이 없었던 거지.
이제는 그 모습이 습관이 되어
아무것도 하지 않는 모습이 어색하게 느껴지기도 해.

하지만 아무것도 하지 않는 시간,
그 시간만큼의 쉼을 누릴 수 있다면…

지금은 그런 여유가 필요한 것 같아.
가끔은 아무것도 하지 않는 시간이 도움이 될 때가 있어.

무언가를 하기 때문에 좋은 건 아니잖아.
그냥 '나'여서 좋은 거지.

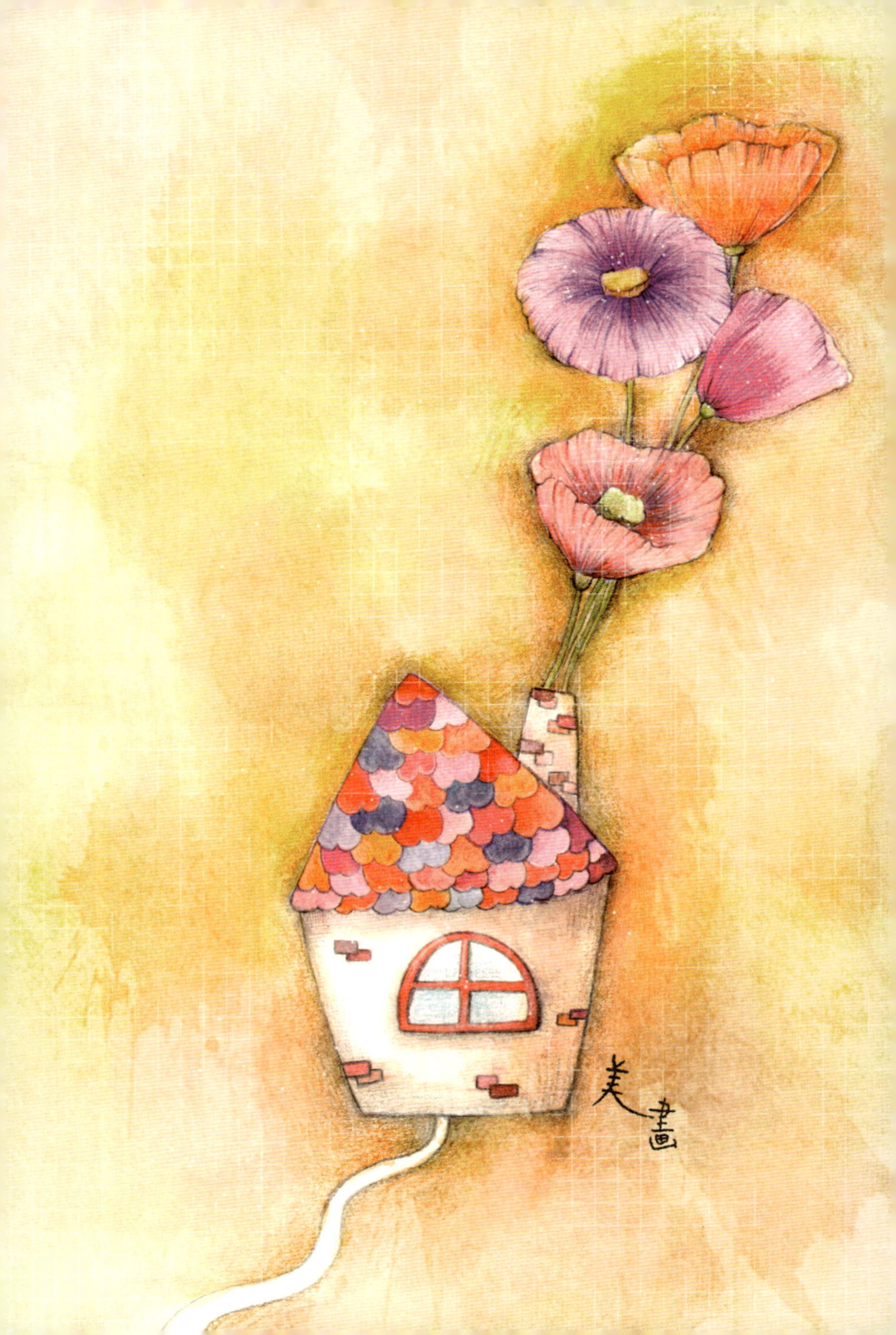

때때로 손에서 일을 놓고 휴식을 취해야 한다.
쉼 없이 일에만 파묻혀 있으면 판단력을 잃기 때문이다.
잠시 일에서 벗어나 거리를 두고 보면
자기 삶의 조화로운 균형이 어떻게 깨져 있는지
보다 분명하게 보인다.

– 레오나르도 다빈치

세상에서 가장 쉬운 말

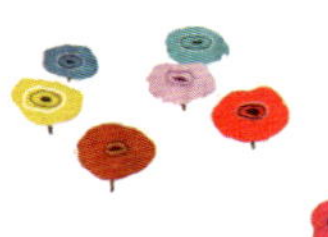

쉼표둘,

조송합니다.
감사합니다.
사랑합니다.

다섯 음절밖에 안 되는 말인데,
입안에 감춰두고 내보이기 어려울 때가 많아.
입안에 감춰두면 그 안의 무게로
마음까지 무거워지는데 말이야.
말하지 않아서 무거운 마음을 갖는 것보다는
어쩌면 그냥 말해버리는 게 쉬운 일일 때가 있어.

발걸음

달리기를 하다 보면
(그렇다고 내가 달리기를 즐기는 사람은 아니지만.)
빨리 도착하는 데에만 신경 쓰다가
다리가 꼬여 넘어지는 경우가 있어.

몸이 따라오지도 못하는데 마음만 앞서다가
사고를 일으키는 달리기처럼
다른 사람을 오해하기 시작하면
내 생각과 마음이 다른 사람의 마음을 보기도 전에
저만치 달려가 버려.

오해는 한 발자국씩 앞서 나가고
이해는 그 다음에 따로 오고 말이야.

그냥 한 발자국만 쉬어가면 될 텐데
성격 급한 나는 오늘도 이해를 기다리지 못하고
저만치 혼자 앞서나가 버리지.

· 충분히 잘하고 있다고 ·

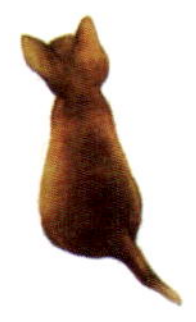

심표 둘,

지금 '나이'가 어떤 나이길래
다들 그렇게 걱정인지 모르겠어.
꿈만 가지고 살아가기에는 너무 늦었다 하고,
아직도 결혼하지 않았으니 어떻게 할 거냐고들 하지.
어릴 때는 큰 꿈을 꾸라고 하더니
이제는 꿈을 좇지 말고 현실을 보라고 해.

하지만 무슨 일을 하기에 너무 늦은 나이란 없고,
반대로 무슨 일을 하기에 너무 이른 나이도 없잖아.

지금 당장 할 일이 없을 수도 있고
원하던 것을 이루지 못했을 수도 있지만
모든 사람들에게는 맞는 때가 있는 거지.
굳이 남들과 똑같은 인생의 속도로
살아가야 할 의무는 없잖아.

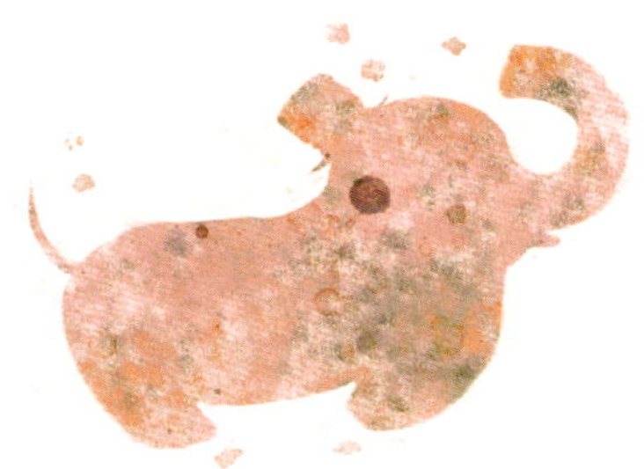

· who am I? ·

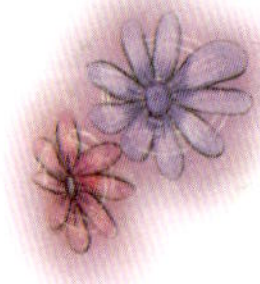

쉼표 둘,

자신의 모습에만 충실하고
그것만 책임지면 되던 시절이 지나가니
어느 순간 다양한 역할을 감당해야 하는
유능한 배우가 되어야만 했어.
만나는 사람에 따라
모임의 성격에 따라 달라져야 하는 내 모습에
가끔은 혼란스러워지곤 해.
문득 '지금 내가 잘 하고 있는 걸까?' 하는
의문이 들 때도 있고 말이야.

진짜 내 모습은, 진짜 내 역할은 어떤 걸까?

너무 많은 것을 기대하는 세상이라
많은 것을 해야 하는 것도 맞지만
진짜 내 모습이 무엇인지 제대로 알지 못한다면
세상에 끌려다닐 수도 있잖아.

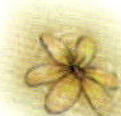

나를 이해하는 방법

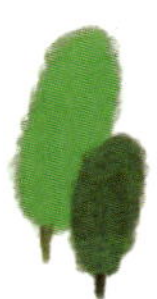

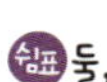

계절은 계절마다 지닌 소리와 향기, 나무의 색으로
자신을 표현하지.
산이나 바다처럼 자연을 느낄 수 있는 곳에 가면
계절의 소리가 더욱 선명해져.
그 소리에 귀를 기울이다 보면
어느새 자연과 하나가 된 것처럼 편안해지곤 해.

사람도 마찬가지야.
각자 느끼는 감정, 자신의 존재를
여러 모습으로 표현하지.
상대방이 표현하는 그만의 언어를 알게 되면
절대 이해할 수 없을 것 같던 행동마저
이해할 수 있게 되고 말이야.

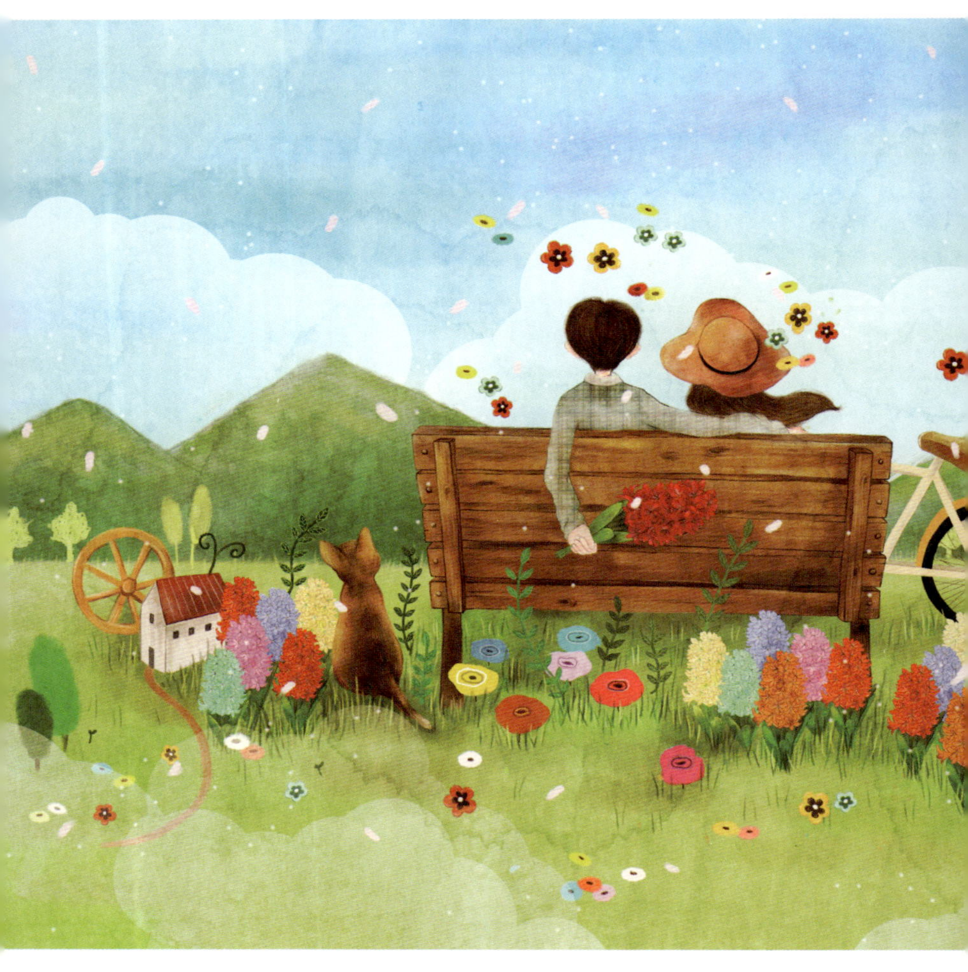

쉼표 둘,

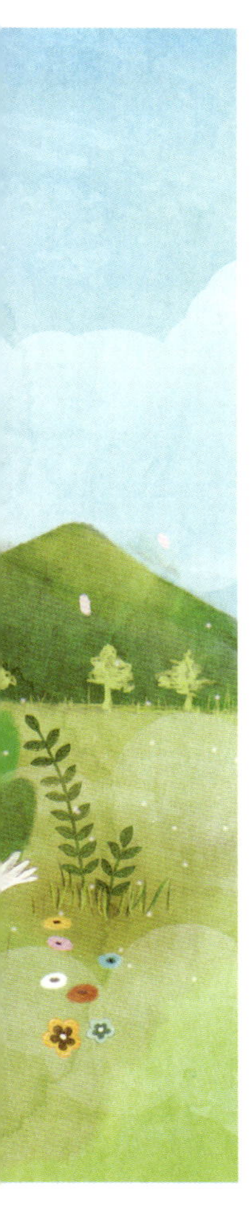

지금까지는 세상살이에 쫓겨,
내 생각만을 주장하며 살았어.
다른 소리를 듣기 위해 귀 기울이기보단
내 목소리만 내지 않았나 싶어.

자연의 소리에 귀 기울이듯
다른 사람의 소리에도 귀를 기울일 수 있다면
내 마음의 소리에 귀 기울이기도
조금은 쉽지 않을까.

의자

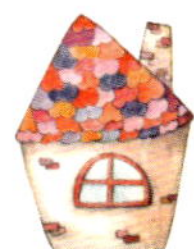

쉼표 둘,

공원을 산책하다 보면
곳곳에 놓여 있는 의자들을 볼 수 있어.

누구든 말하지 않아도 마음대로 앉아 쉬어가고,
또 그냥 그 자리에서 일어나 다시 길을 가지.

비가 오면 젖고,
눈이 오면 그대로 쌓여
앉을 수 없게 되지만
쌓인 눈이 녹고 물기가 마르면
누군가 다시 그 의자에 앉을 거야.

의자는 그 자리에 그대로
어떤 소리를 들어도, 아무리 무거운 것을 놓아도
묵묵히 자리하고 있지.

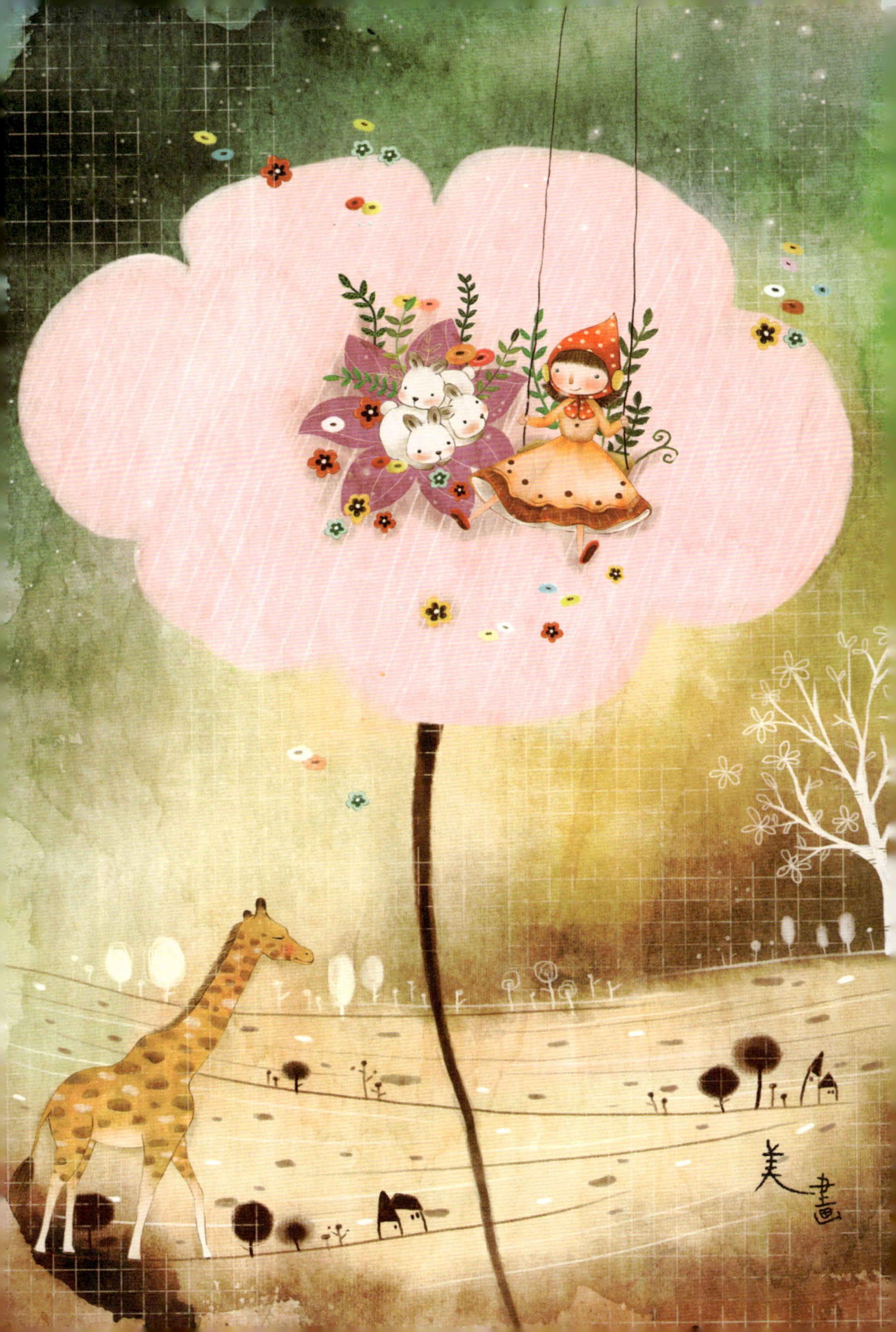

가만히 놓여 있는 길가의 의자처럼
때로는 그냥 있는 그대로,
서 있는 그 자리에서,
주고 주고 또 주는 것도 괜찮지 않을까.

· 카르페 디엠 ·

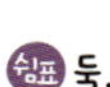

인생에는 수많은 선택의 순간들이 있어.
전공을 선택해야 하고 직업을 선택해야 하며
사랑을 선택해야 하지.
심지어 매일 무엇을 먹을까 고민하고 선택해야 해.

수많은 선택 속에 있지만 앞으로 어떤 일이 일어날지
누구도 알 수 없기에 선뜻 마음 정하기가 어렵더라.
아무도 알 수 없는 인생이고
누구도 대신 살아줄 수 없으니까 말이야.
그런데 인생에서 가장 중요한 건
내 마음이 원하는 게 무엇인지 아는 거 아닐까.
인생은 한 번뿐이잖아.

우리에겐 하고 싶은 것을 하고,
사랑하고 싶은 사람을 사랑하고,
먹고 싶은 것을 먹을 권리가 있어.
쫄거 없어.

"자신의 인생을 당당히 선택할 수 있는
당신을 응원합니다."

카르페 디엠(Carpe diem)
현재를 즐겨라.
인생을 특별하게 만들어라.

– 영화 〈죽은 시인의 사회〉 中

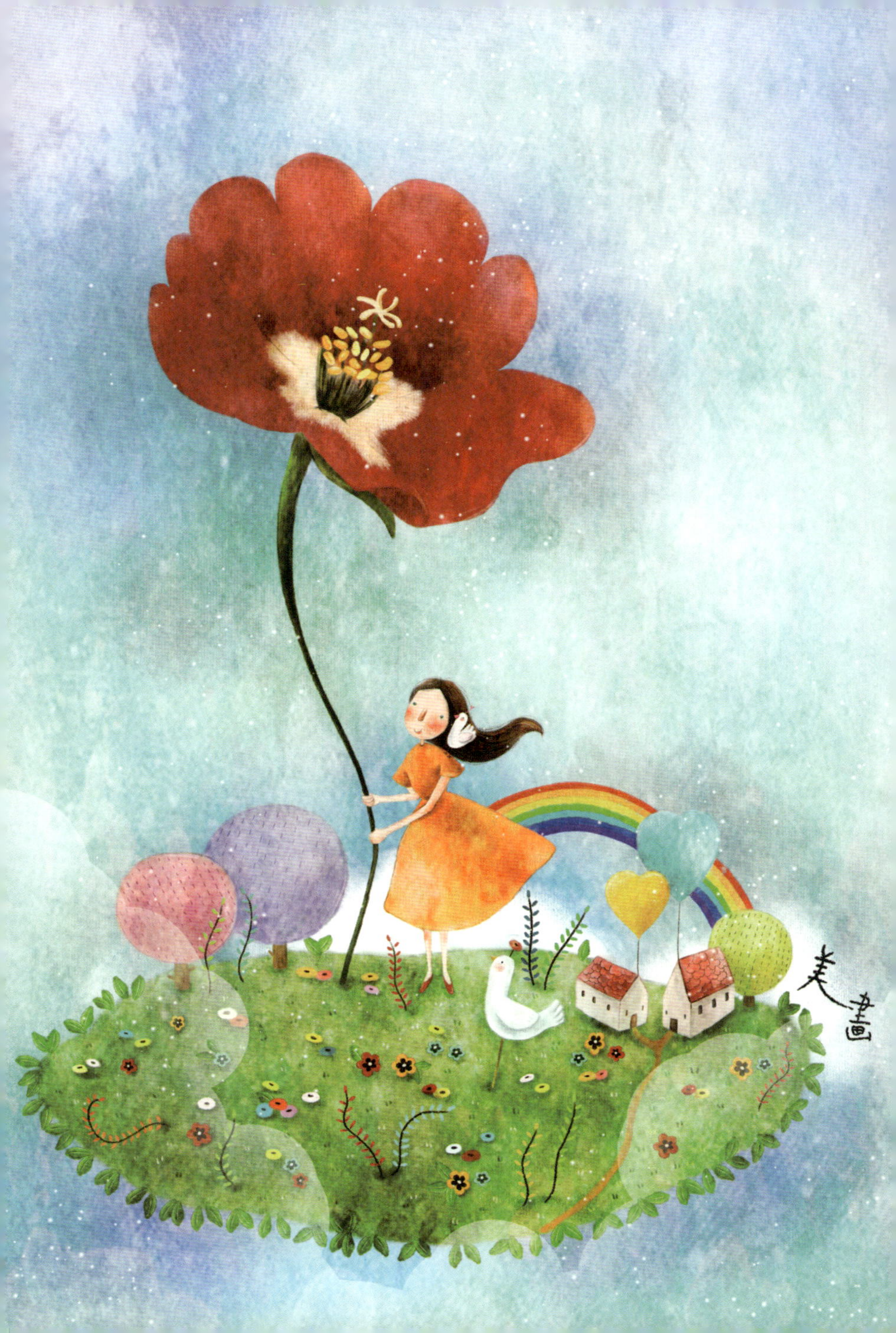

사람은,
자신이 생각하는 그대로
존재한다

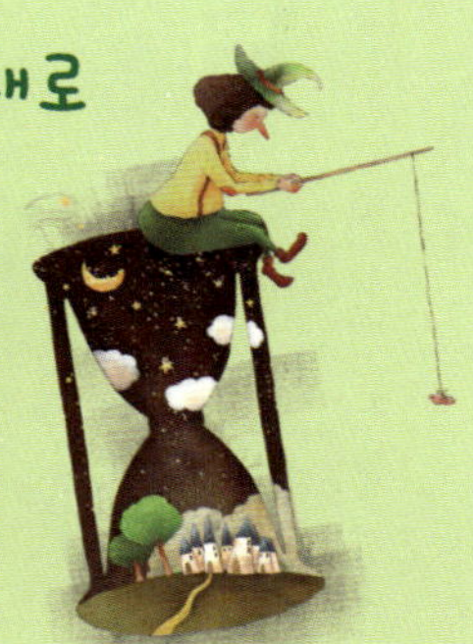

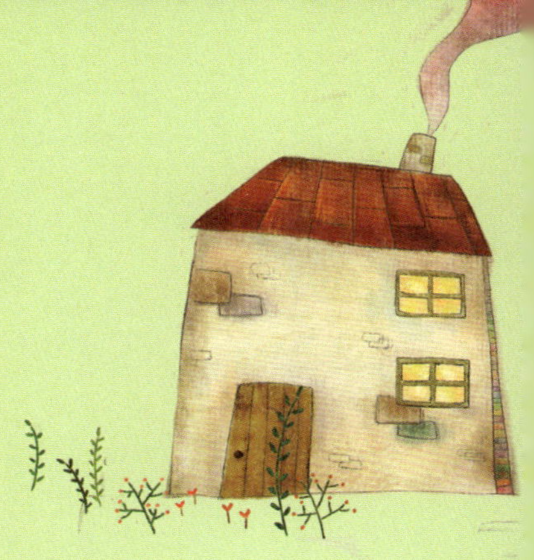

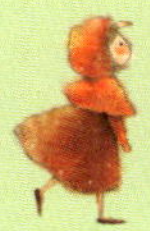

당신 자신이 누구인지,

무엇을 원하는지 잘 알게 될수록,

당신을 힘들게 하고 혼란스럽게 하는 것들이 줄어들 것이다.

– 〈사랑도 통역이 되나요?〉 中

숨고 싶은 날

가끔은 아무도 모르는 곳으로
숨어버리고 싶은 날이 있지.
하지만 나 하나 마땅히 숨을 곳 없어
더 슬퍼진다.

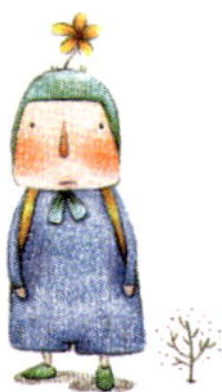

· 상처에 솔직할 수 있는 사람 ·

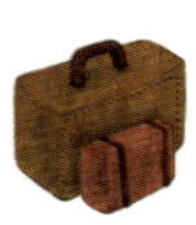

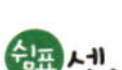

자신의 상처에 솔직할 수 있는 사람은
다른 사람의 상처도 덮어줄 수 있어.

상처 없는 사람 없고,
상처 입는 게 나쁜 일도 아닌데,
가끔은 내 상처도 똑바로 보지 못해서
다른 사람까지 아프게 할 때가 있지.

· 다시 하면 되지 ·

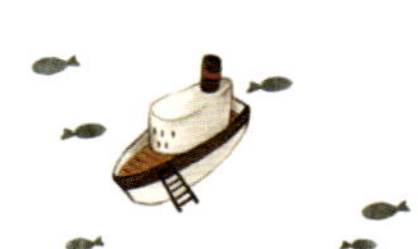

한 번도 가보지 않은 곳을 찾아갈 때면
혹시나 길을 못 찾을까 지도를 몇 번이나 확인하곤 해.
두리번거리며 이정표를 따라가거나
지나가는 사람들에게 물어서 길을 찾기도 하지만
그럼에도 불구하고 엉뚱한 곳으로 갈 때가 있어.
그럴 때면 나는 처음 있던 자리로 다시 돌아와 길을 찾아.
방향감각 무딘 나를 탓하며
조금은 초조한 마음으로 헤매기는 하지만
한 번 갔던 길이 옳은 길이 아니었음을 알기에
같은 곳으로 들어서는 실수는 반복하지 않지.

두 번째 선택한 길 역시 잘못된 길이어도
처음 있던 자리로 돌아와 다시 찾아가면 돼.

목적지까지 가는 데 시간이 조금 더 걸릴 뿐이야.
다시 시작하면 그뿐인 거야.

그리고
한 번 어렵게 찾아간 길은
다시 헤매지 않잖아.

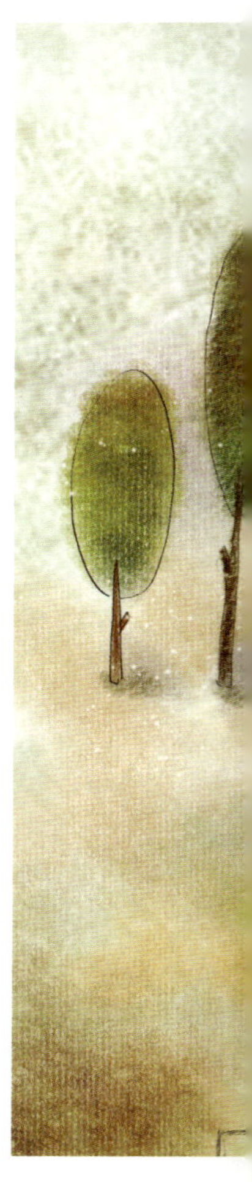

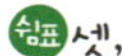

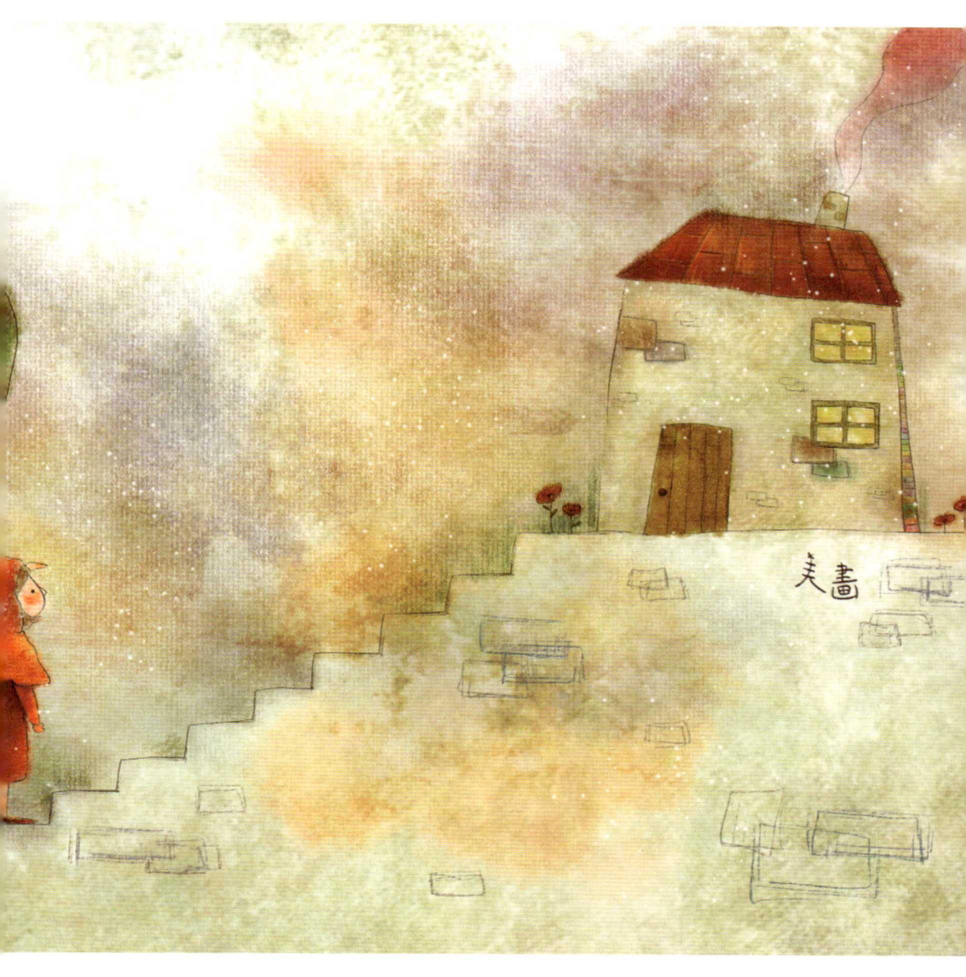

시
작

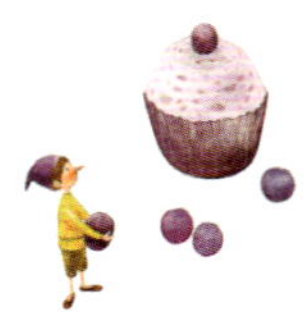

모든 시작에는 오묘하고 두근거리는 느낌이 있어.
이건 무슨 느낌일까 생각하다 보면
어느새 두려움이라는 감정과 마주하게 되지.

'잘 할 수 있을까' 하는 확신 없는 소심함이 고개를 들고
최악의 상황을 미리 그리며 불필요한 생각들에 빠져들어.
하지만 이것들은 일어나지 않은,
혹은 일어날 일이 없는 것일 뿐이야.
나의 상상 속에서 만들어낸 두려움인 경우가 많지.

어쩌면 당장 눈에 보이는 것보다
아직 닥치지도 않은 일들에 상상을 더하여
덜컥 겁을 먹고 있는 것일지도 몰라.

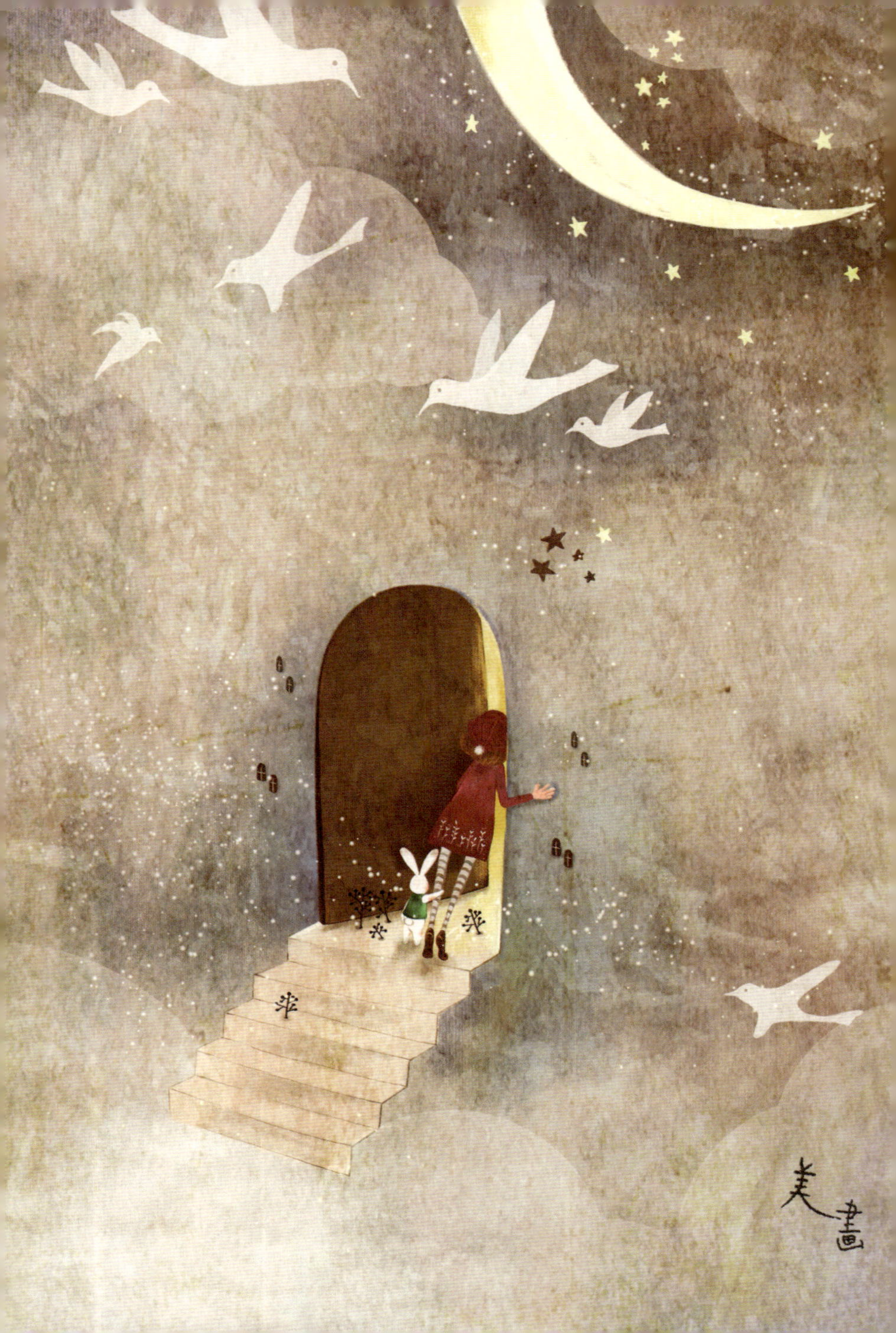

다가오지 않은 미래에 대해
필요이상으로 겁먹을 필요는 없어.
시작을 꿈꾸지 않으면 아무 일도 일어나지 않으니까.

사실, 막상 닥치면 어떻게든 하잖아?

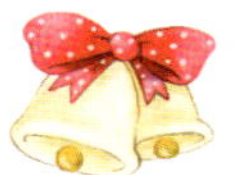

· 내 눈을 바라봐 ·

눈은 '마음의 창'이란 말이 있어.
사람들은 눈을 통해
많은 이야기를 하고 있다는 뜻이기도 하지.

그래서일까. 눈을 맞추지 못하고 이야기하는 사람을 보면
쉽게 믿음이 가지 않아.
반대로 정말 친한 친구, 사랑하는 사람과는
눈만 보고도 어떤 생각을 하고 있는지 느낄 수 있지.

사람은 기억을 떠올릴 때 눈도 함께 움직인다고 해.
과거에 일어났던 일을 추억할 때는 왼쪽,
앞으로의 일을 생각할 때는 오른쪽.

내 눈은 과거를 말하고 있을까,
아니면 미래의 꿈을 이야기하고 있을까?

나만 왜?

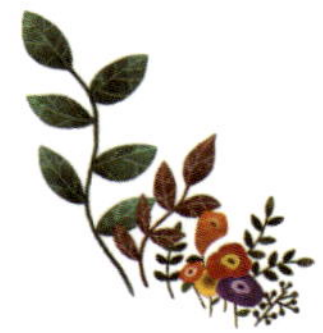

다른 이의 고민을 들어주다 보면
내게도 비슷한 경험이 있을 때가 있어.

물론 비슷하긴 해도 아픔의 정도는 사람마다 다르지.
그럴 때마다 드는 생각은
사람 사는 거 다 비슷비슷하다는 거야.

누가 누구보다 특별할 것도 없고 누구도 겪지 않은 일이
나에게만 일어나는 경우도 없어.

나만 아프고 나만 슬픈 것 같아 외롭기도 하지만
지금 생각하면 누구나 한때 겪는 아픔이고 슬픔이야.

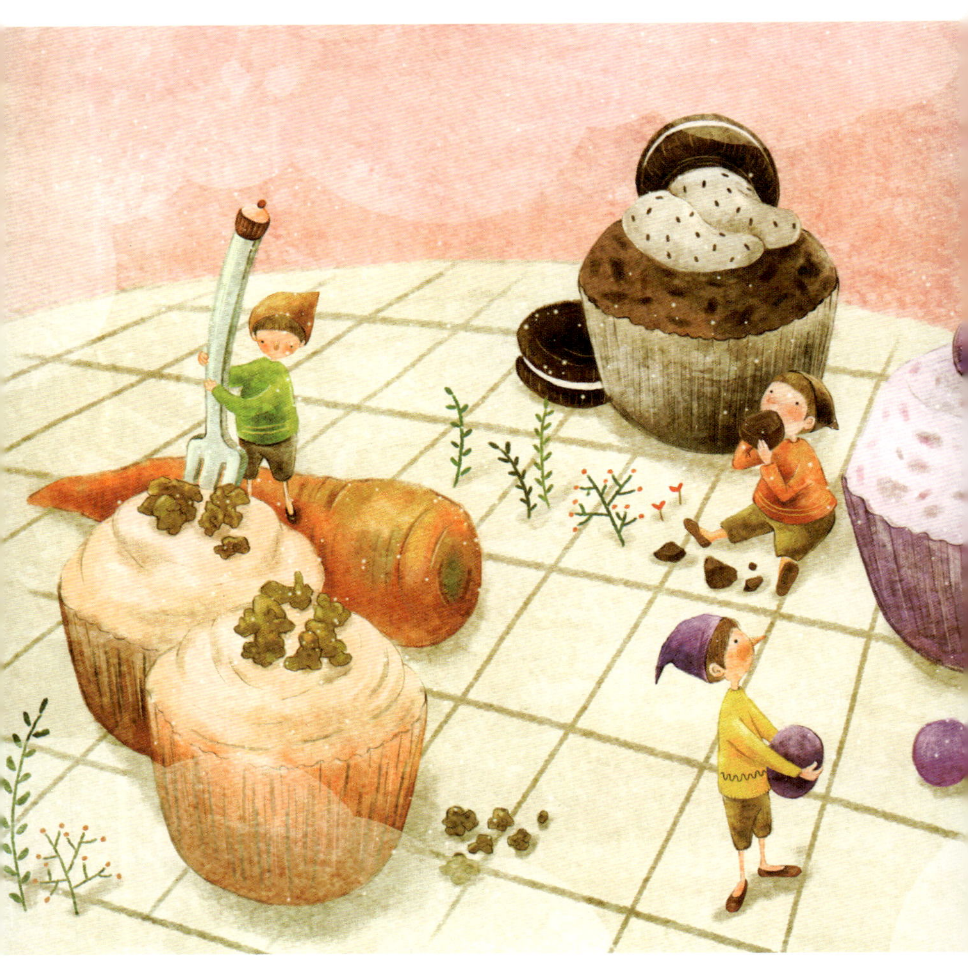
쉼표 셋,

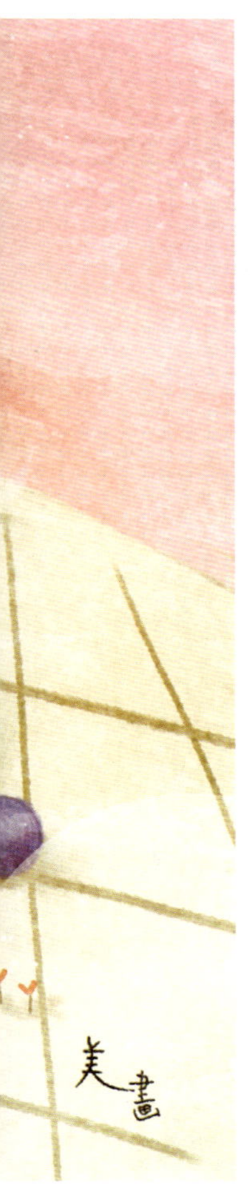

다만 나보다 조금 먼저 혹은 나보다 조금 나중에 겪는
아픔이고 슬픔일 뿐인 거지.

그러니까 아프다고 슬프다고
억울해 할 필요는 없어.

살만하진 않아도 살아지긴 한다.

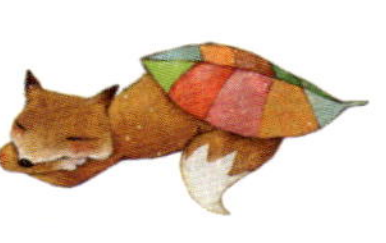

살만하지 않아도 살아지긴 해.
어쩌면 그래서 살만한 세상이라 하는지도
모르겠어.

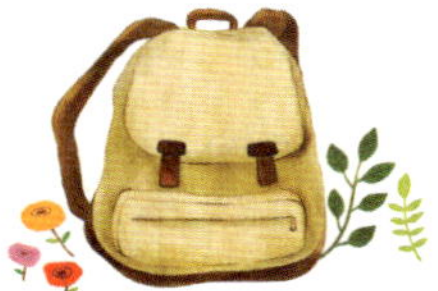

· 비바 청춘 ·

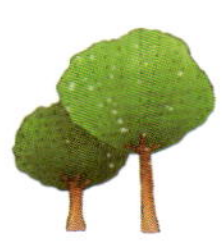

기억 저편에 있는 어린 시절이지만
나는 자주 넘어지는 아이였던 것 같아.
가만히 있는데 갑자기 땅이 쑥 올라오는 신기한 기억이
아직도 머리에 남아 있는 거 보면 말이야.

그런데 넘어졌을 때
아파서라기보다도 놀라 뛰어오는 어른들의 모습에
더 많이 울었던 것 같아.

오히려 "괜찮아. 넘어질 수도 있는 거야.
혼자 일어날 수 있어"라고
아무렇지도 않게 이야기해주면
울지도 않고 금방 일어났을 텐데 말이야.
신기하게도 그렇게 혼자 일어나면
혼자 해냈다는 뿌듯한 마음까지 들었거든.

넘어져 무릎은 아프지만 혼자 일어났다는 뿌듯함 때문에
오히려 기분이 좋아지기도 했지.

살아가는 모습도 이렇지 않을까.

열심히 살아가다 보면 넘어질 수도 있고
넘어지면 무릎이 깨져 피가 나듯이
마음 상하는 일이 생길 수도 있잖아.
그런데 괜히 호들갑스럽게 걱정하면 할수록
정말 괜찮지 않은 게 되어버리는 거야.

넘어지면 다시 일어나면 되고
다치면 조금 쉬어가면 되는 아직은 청춘인 난데,
걱정할 게 뭐 있어.

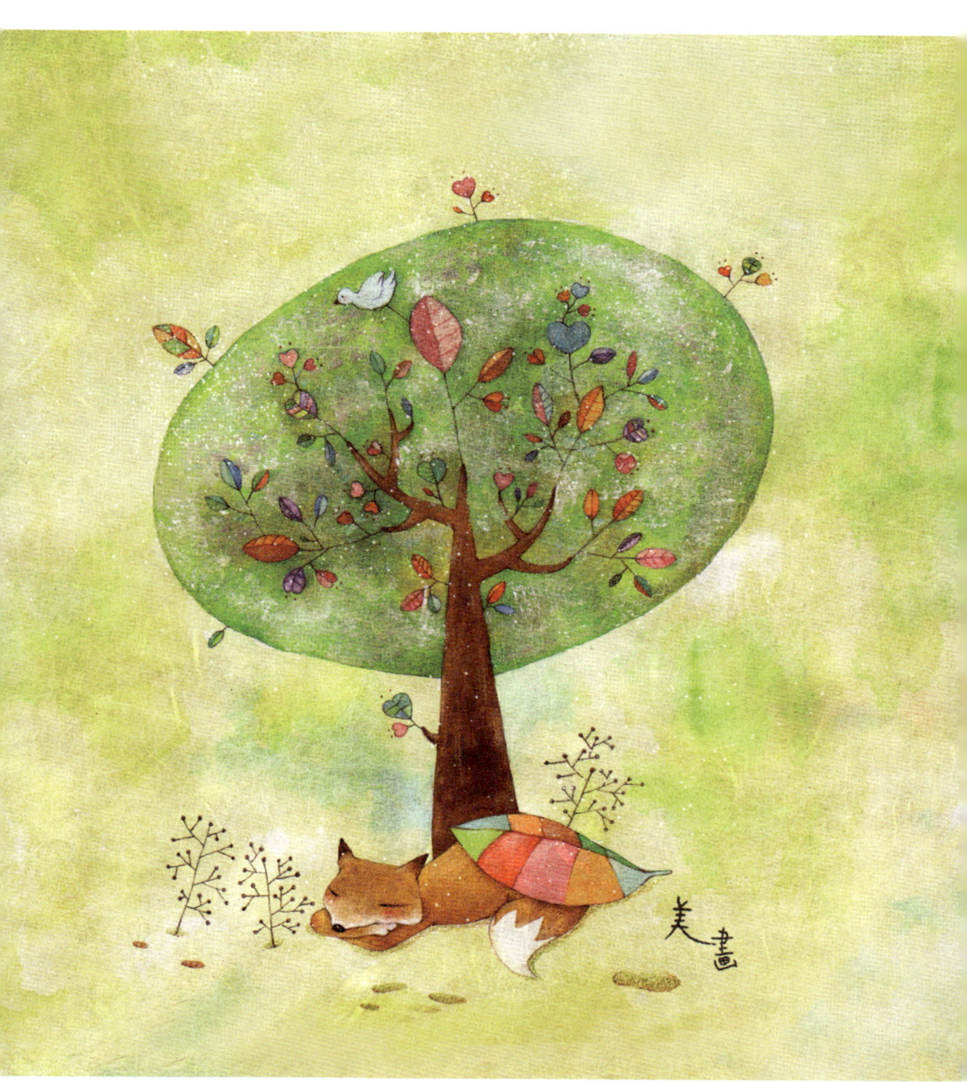

어른이 된다는 건

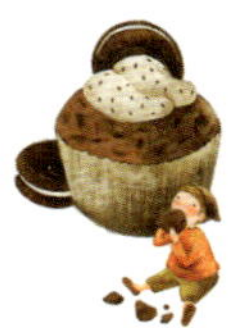

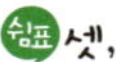
쉼표셋,

"어디서든 혼자 밥을 먹을 수 있다는 건
어른이 됐다는 증거야."
친구가 했던 우스갯소리야.
농담으로 한 말이지만 어떤 면에서는
큰 의미를 담고 있다는 생각이 들어.

누군가와 함께 밥을 먹는다는 건 그만큼의 정을 나누고
추억을 나눈다는 의미인데,
정을 나누고 추억을 나누는 누군가 없이
혼자 밥을 먹을 수 있을 정도의 외로움을 견뎌내는 것.
어른이 된다는 건
어쩌면 그만큼 사무치게 외로운 일인 것 같아.

꿈

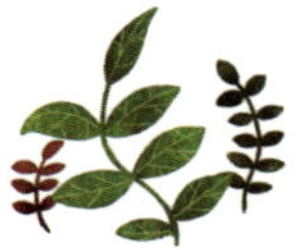

하고 싶은 게 많아 뭘 해야 할지 고민하던 때가 있었어.
이것을 해도 좋고 저것을 해도 좋고,
그것이 진짜 좋은지도 모르겠고,
꿈 많은 사춘기도 아닌데 무엇 하나 진득하게 못하는 게
잘못된 것 같아 불안하고 초조했지.
잘할 수 있는 게 뭔지, 좋아하는 일이 뭔지
헷갈릴 때도 많았어.

하지만 그때가 지나니까
이것도 좋고 저것도 좋았던 그 시간들이 겹겹이 쌓여
단단한 꿈이 만들어졌어.
하루하루 새로운 경험들과 이야기들이
지금도 또 다른 꿈을 꿀 수 있게 도와주고 있거든.

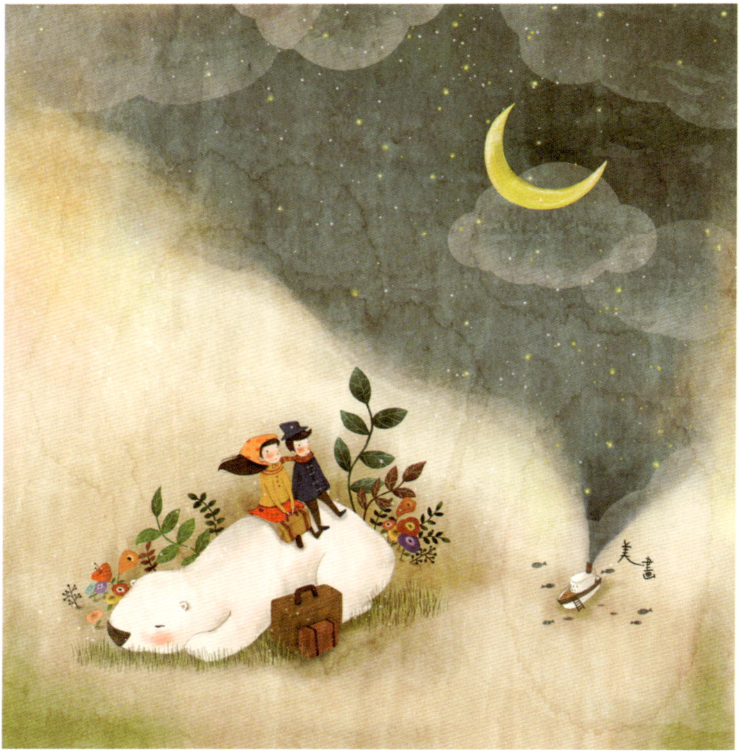

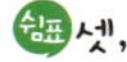

삶은 꿈이야.
꿈이 많은 게 없는 것보다 좋지.
하지만 꿈이 없다고 하지 못할 것도 없어.

오늘은 어제의 꿈을 이룬 날이고
오늘은 새로운 꿈을 꾸는 날이며
내일은 오늘의 꿈을 이루는 날이니까.

· 한 걸음 한 걸음 ·

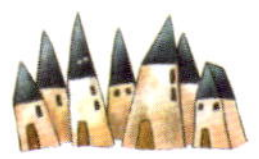

쉼표셋,

인생의 목적지를 향해 달려가는 그 길은 즐겁지만
한편으로는 힘들기도, 외롭기도 한 길이야.
주변에는 어려운 상황과 걱정의 눈길이 가득하지.

한 걸음 한 걸음 가기에는 너무 빠른 세상에
두세 걸음 서둘러 달려가다가
오히려 더뎌지거나 넘어지는 경우도 있어.

조금은 천천히 가는 걸음이어도 괜찮아.
서두르는 것과 최선을 다하는 것은 다르잖아.
옳다고 믿는 그 발걸음을 응원하며
최선을 다해 한 걸음 한 걸음 가다 보면
어느 광고의 문구처럼 신기하게도 꿈은 이루어질 테니까.

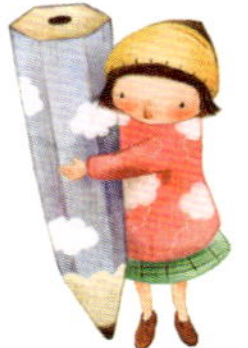

좋아 보이는 길

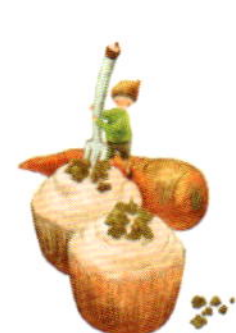

사이클이나 육상 경기를 할 때
선수들은 각자의 레인 위를 달려가.
내가 좋아하는 숫자의 레인이 옆에 있다고 해서
자신의 레인을 벗어나 남의 레인으로 달리면
일등을 한들 아무 소용이 없지.

나보다 조금 앞서 나가는 사람의 길이라고
무조건 좋은 길은 아니야.
그저 좋아 보일 뿐이지.

진짜 나에게 맞는 길이 무엇인지,
내가 달려갈 그 길을 바로 보고 가는 것이
중요하지 않을까.

사랑은,
내가 너에게 가는 걸까,
네가 나에게 오는 걸까

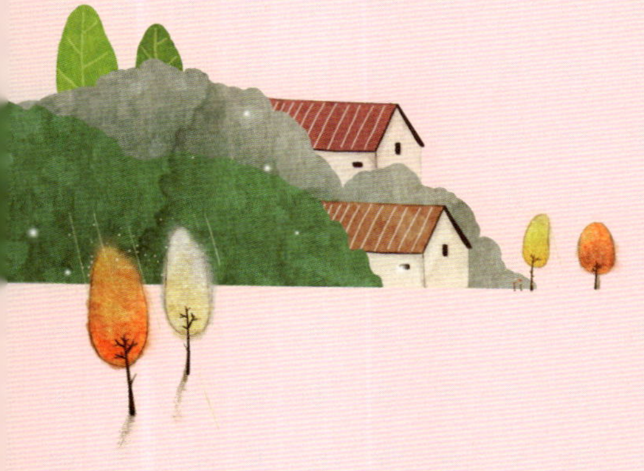

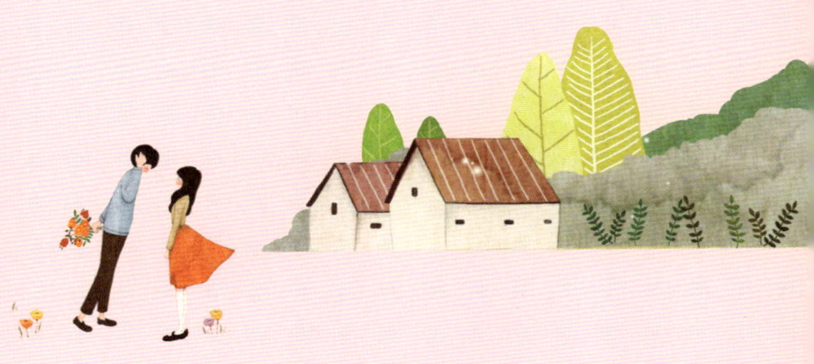

누군가를 사랑한다면,
사랑한다고 즉시 크게 말해.
그렇지 않으면,
그 순간은 그냥 너를 지나쳐 버릴 거야.

– 〈내 남자친구의 결혼식〉 中

· 36.5도, 손을 잡아도 괜찮은 온도 ·

고슴도치 딜레마,
추위에 몸을 기대어 서로 온기를 나누던
두 마리의 고슴도치가
너무 가까워지면 서로의 가시에 찔리고
서로 너무 떨어져 있으면 또다시 추워져
딜레마에 빠진다는 것에서 유래된 말이야.
자기를 감추고 상대방과 일정한 거리를 두려고 하는
사람들의 심리를 일컫는 말이기도 해.

사랑하기를 두려워하고, 망설이는 사람들이 있어.
예전에 사랑하고 이별한 순간들이 아팠던 기억 때문에
다시 사랑하기를 망설이는 사람들이
우리 주변에는 참 많아.

그런 사람들은 '또다시 상처받을까 두렵다'고 하지.

마음속 깊은 곳에는
사랑하고 싶고, 사랑받고 싶은 마음이 가득함에도
과거의 아픈 기억 때문에 지레 겁을 먹고
한 걸음 뒤로 물러서 버리거든.
상처받을 것이 두려워서
다가오는 사람에게 뾰족한 가시를 세우고
연약한 자기의 모습을 깊이 숨기는 고슴도치처럼.

하지만 알고 있을까?

다가오는 사람에게 선을 긋는 것으로
아픔을 미리 차단할 수는 있지만
그 사람의 따뜻한 온기도
느낄 수 없게 된다는 것을.

· 밀당 금지 ·

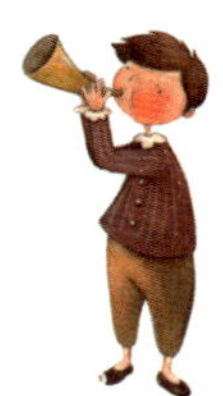

넷,

'사랑은 삶의 가장 훌륭한 피로 회복제'라고
피카소는 말했어.
하지만 때로 사랑은 어마어마한 피로감을 주기도 하지.
불필요한 감정소모로 인해 아무 일도 할 수 없을 만큼
힘이 빠질 때도 많아.

지금 이 순간 사랑이라는 이름으로 포장한 채
괜한 마음의 노동을 하고 있는 건 아닌지.
혹시 나로 인해 그가
마음의 노동을 하고 있는지도 모르겠어.

감정과 마음의 차이

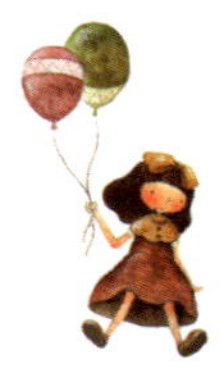

넷,

사랑이라는 감정을 갖는 것보다는
사랑이라는 마음을 나누는 것이 더 좋아.
품었던 감정은 수시로 변할 수 있지만
그때 그 시간에 나누었던 마음은 쉽게 변하지 않으니까.

그래서 사랑이라는 감정을 갖는 것보다
마음을 함께 나누는 사랑이 더 좋아.

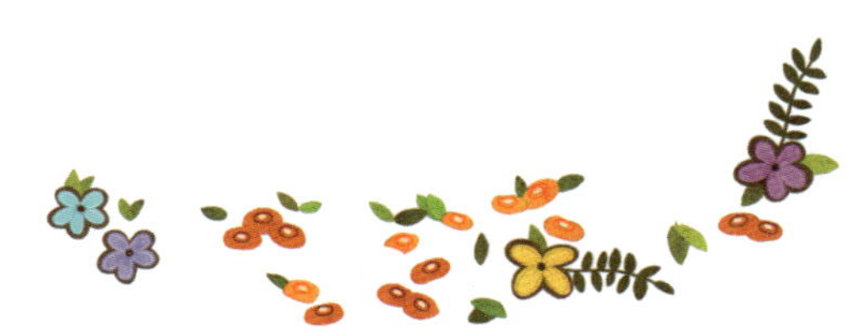

· 사랑하는 사람에게 꼭 하는 질문 ·

"너는 내가 왜 좋아?"라고 물어보지만
원하는 대답을 얻기란 쉬운 일이 아니야.

대부분의 사랑은 이유 없이 시작되기 때문이지.
그를 왜 좋아하는지
정확히 이야기할 수 있는 사람이 몇이나 될까.

아직까지 이런 생각을 하고 있는 나는
순수한 건지, 아니면 바보 같은 건지.

요즘엔 사랑이 시작될 수 있는 조건들을 따져
그것에 맞는 사람을 찾아내려 애쓰는 모습들을
많이 보게 되는 것 같아.
그렇게 이런 사람이었으면 좋겠고
저런 사람이 아니면 안 된다는 이유들을 찾곤 하지.

그런 모습을 보고 있자면
사랑을 하겠다는 건지 말겠다는 건지
알 수 없을 때가 많아.

조금은 바보 같을지라도
아직은 아무 이유 없이 사랑해도 괜찮을 때 아닌가.

나를 얼간이처럼 바라볼 때
콧등에 작은 주름이 생기는 너를 사랑해.
하루 종일 너와 보내고 나서도
내 옷에 남은 네 향기를 맡을 수 있어서 너를 사랑해.
밤에 잠들기 전에 마지막으로 대화하고 싶은 사람이
바로 너이기 때문에… 널 사랑해.

– 영화 〈해리가 샐리를 만났을 때〉 中

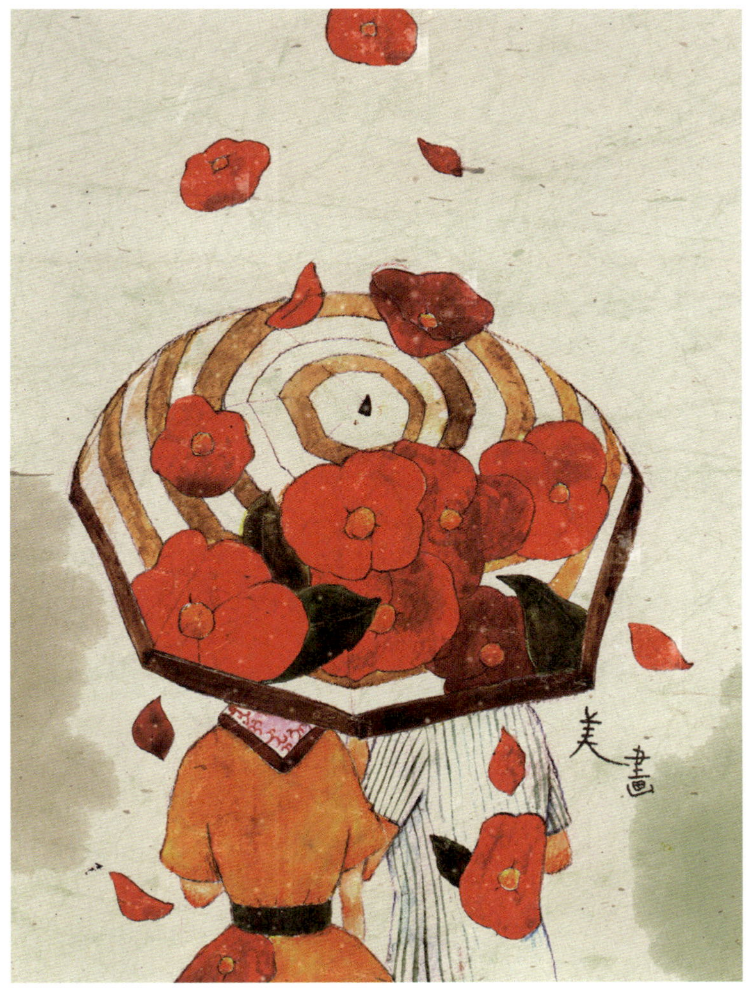

우리는 모두 누군가의 첫사랑… 일까?

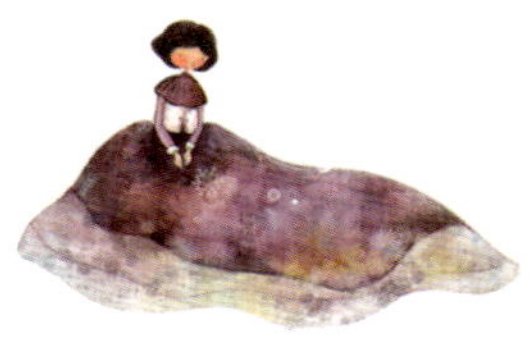

첫사랑은 애틋함이지.
그 애틋함이 큰 이유는 가슴에 남아 있는 그리운 잔상이나
바래지 않는 추억 때문일 거야.

첫사랑의 아련한 그리움과 추억을
마음의 창고에 넣어두고
나이가 들어서도 꺼내어 보며
따뜻하게 혹은 설레며 살아가겠지.

추억 속 그 사람의 마음도 따뜻하게 보듬어줄 너 역시
그 어느 누군가의 첫사랑일 거야.

첫사랑 ...이겠지!

다가서지 않으면 누가 알까

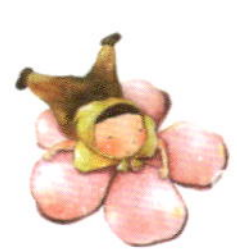

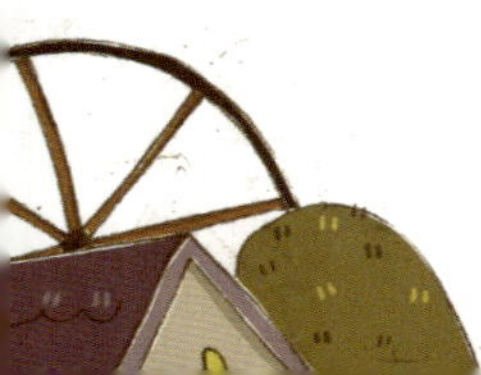

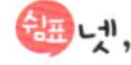

누군가 나에게 다가와주길 바란다면
내가 먼저 다가가야 해.
내 마음을 알아주길 바란다면
먼저 나를 표현해야 하고.

꼭 말로 해야 아냐고 하지만
사람은 바보 같은 구석이 있어서 꼭 표현해야 알 때가 있어.

어쩌면 그 사람도 내가 먼저 다가와주길
바라고 있을지도 모르거든.

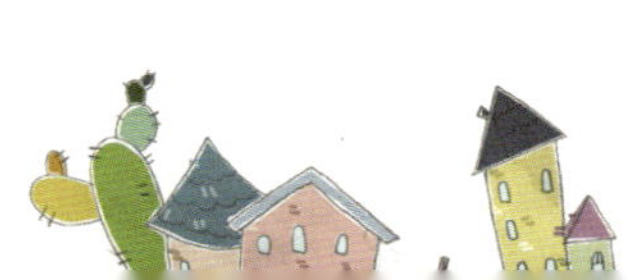
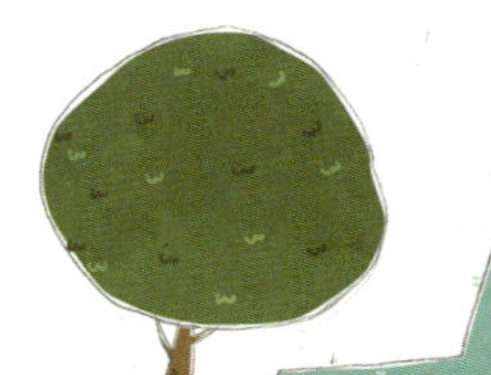

· 당신에게 나는 어떤 사람인지 ·

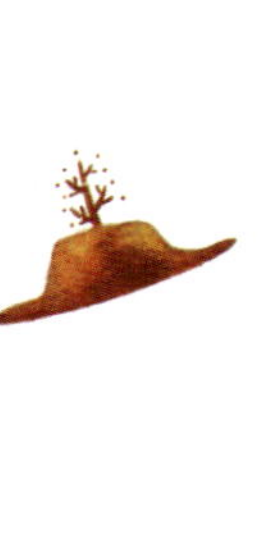

누구나 사랑 받기를 원해.
사랑 받기 위해 상대방이 원하는 모습으로 바꿔보려
노력하는 것은 당연한 일이고.
하지만 사랑 받기 위해서 똑똑해야 하는 것도
잘나가야 하는 것도 아니야.
그 사람이 좋아하는 옷을 입고
그 사람이 좋아하는 생각을 하고
그 사람이 좋아하는 말을 한다고
사랑해주는 건 아니니까.

그땐 그걸 왜 몰랐을까.
내 모습 그대로 보여주면 떠나갈까 봐
안절부절 눈치만 봤던 것 같아.

조금은 솔직해져도 괜찮은데.
이 모습 이대로 사랑받기 충분한데 말이야.

그래도 난 아직 사랑을 잘 모르는 것 같아.

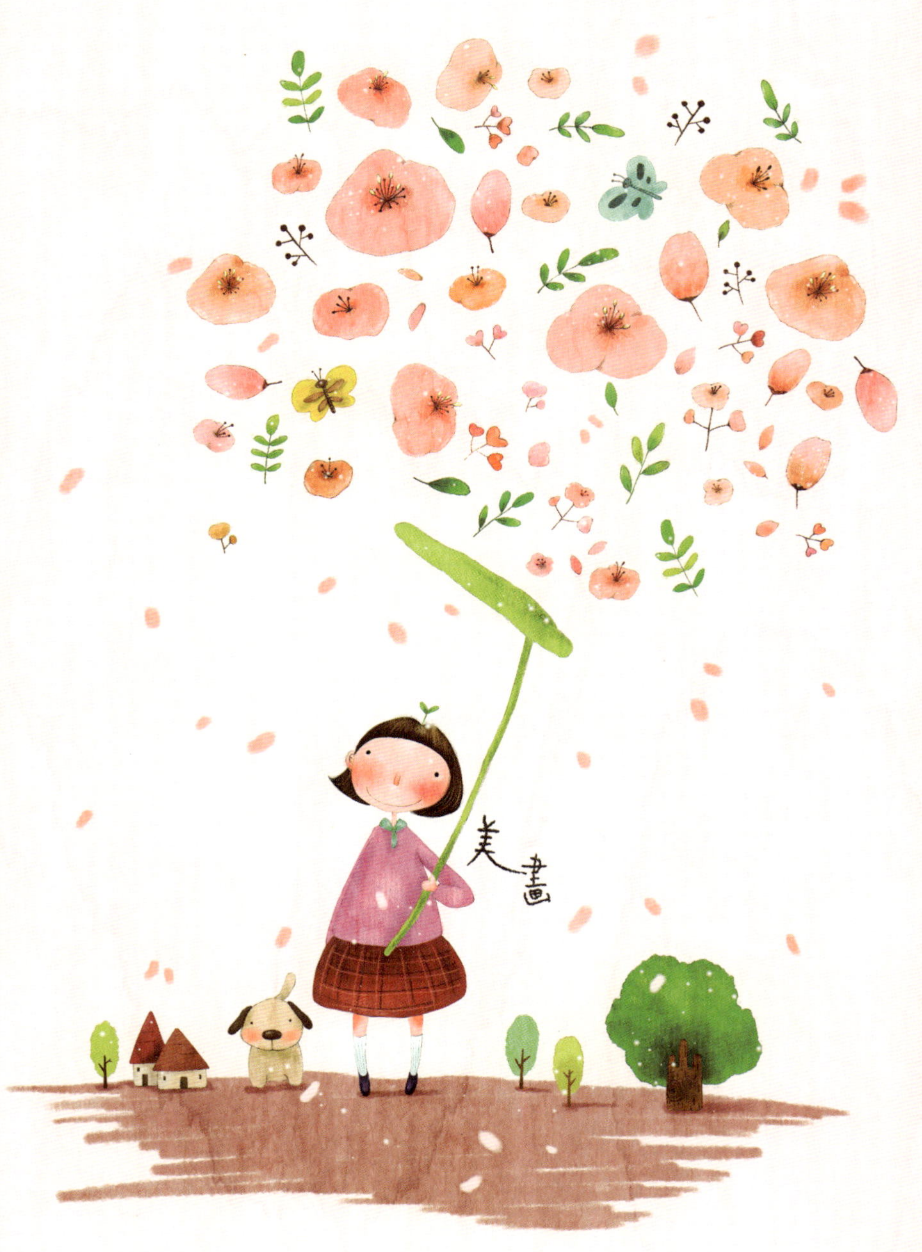

정리

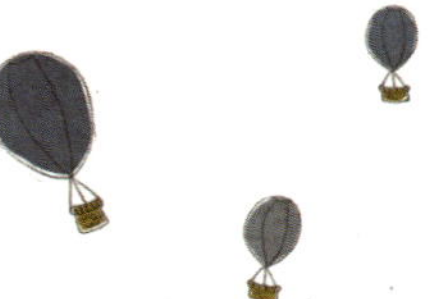

언젠가는 쓸 수 있을 거라 기대하고 쓰다 남은 물건을
서랍 속에 보관해 둘 때가 많아.
하지만 기억 속에서 잊혀진 채
서랍 속에 묵혀두는 경우가 대부분이지.

서랍 속 물건 중에서 버릴 건 버리고 깨끗하게 정리하면
꽉 차있던 서랍 안에 여유가 생겨
또 다른 물건으로 채울 수 있게 돼.
미련 없이 버려야 정리가 되는 거야.
그렇지 않으면 또다시 그 모양이고…

마음도 마찬가지야.
예전 기억들, 묵혀둔 감정으로 꽉 차서
새로운 감정들이 자리할 수 없을 때가 있어.
그럴 땐 마음의 서랍을 열어보는 거야.

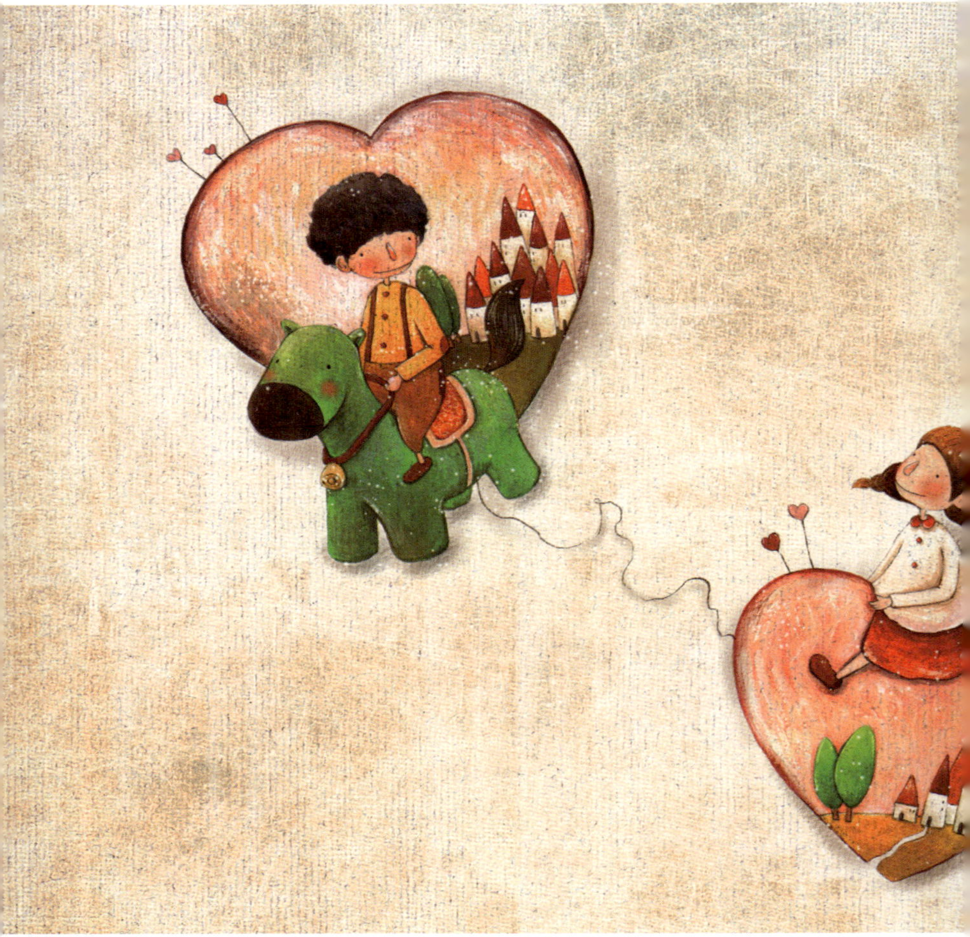

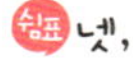
쉼표 넷,

마음속 추억을 꺼내어 정리하고
미련과 욕심을 버리면
꽉 차있던 마음이 가벼워지고
비로소 또 다른 마음으로
새롭게 채울 수 있어.

마중

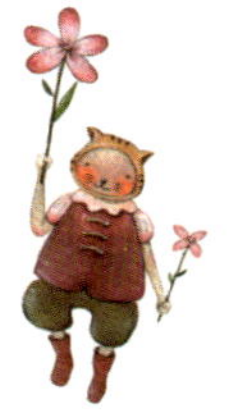

어린 시절, 비 오는 날이면 우산을 들고
누군가 마중 나오는 장면을 상상했어.
기억 속 많은 부분을 차지하는 것을 보면
그런 상상을 했던 날이 꽤 많았던 것 같아.
비 오는 날 학교가 끝나면 같은 반 누구누구는
마중 나온 엄마와 할머니, 혹은 다른 누군가와 함께
집으로 돌아가는데
나는 멍하니 창밖을 바라보고 있었지.
물론 부모님 모두 바쁘셨기에 오고 싶어도
오지 못했단 걸 알고는 있지만
어쩔 수 없음을 알기에 드는 체념,
그럼에도 불구하고 생기는 섭섭함과 부러움.
비 오는 날이면 아직도
그 순간의 감정들이 돋아날 때가 있어.

얼마 전, 비가 부슬부슬 내리던 날
퇴근하는 엄마를 마중 나간 적이 있어.
딸이 우산을 들고 나가 기다리고 있다는 것 자체가
퇴근길 지친 엄마의 마음을 조금이나마
따뜻하게 해주지는 않았을까
괜스레 설레는 마음까지 들더라고.
우산을 챙겨들고 걸어가는 그 길에,
어릴 적 비 오던 날이 겹쳐지면서
입가에 미소가 지어졌어.

나를 위해 우산을 챙겨들고 마중 나오는 게
얼마나 기쁘고 감사한 일인지,
그걸 알지 못했다면 지금 이 순간 다른 사람을 위해
우산을 들고 나가는 일이
얼마나 기쁜지 알지 못했을 거야.

그날, 엄마를 위한 마중길은
내 마음에도 행복한 마중길이었어.

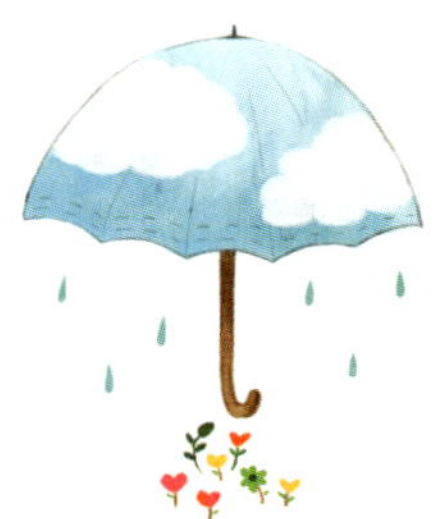

진짜 연애

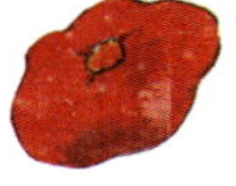

쉼표넷,

진짜 연애는 다른 삶을 살던 남자와 여자가 만나
마음을, 그리고 상대방의 인생 저 깊은 곳까지를
전부 들여다보고 그럼에도 불구하고 사랑하는 거야.

혹여 바닥을 보더라도 묵묵히 바라볼 수 있는 마음인 거지.

혹시나 지금 그 사람의 마음과 인생의 깊이를 재면서
섣부르게 사랑이라 말하고 있진 않은지…

내가 삶에서 발견한 모순은,
상처 입을 각오로 사랑을 하면
상처는 없고 사랑만 깊어진다는 것이다.

— 마더 테레사

· 사랑하지 못하는 이유 ·

어쩌면 지금까지 하이힐 같은 사람을
기다리고 있었던 건지도 모르겠어.
겉으로 보기에 반짝거리고 나를 예쁘게 만들어주는
하이힐 같은 사람 말이야.

하이힐은 처음 신을 때는 예뻐 보이지만
오래 신고 걸으면 발이 아파 걷기 힘들어져.
당장 벗어버리고 맨발로 걷고 싶은 마음이 들 때도 많지.

하이힐 때문에 생긴 발의 상처처럼
마음에도 깊은 상처가 남아
지금껏 다시 사랑하기 힘들었나 봐.

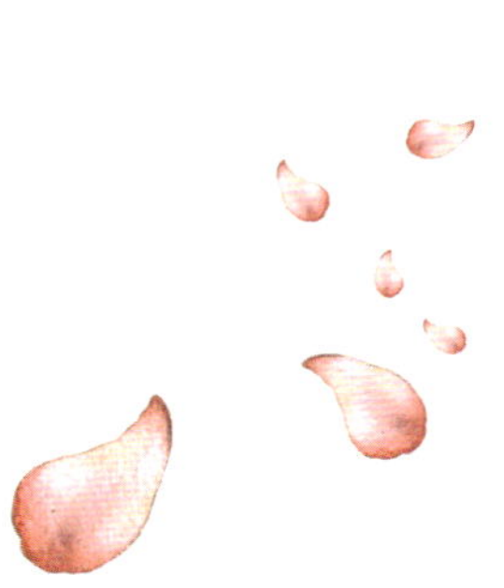

· 진
짜 이
별 ·

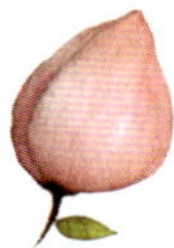

헤어지는 순간이 아프고 힘든 이유는
아직도 그 사람이 내 삶의 어딘가에서
함께하고 있기 때문이야.
언젠가 어디선가 다시 만날 수 있을 거라는
미련을 품고 있을 수도 있고.

진짜 이별은 그 사람과 내 삶이 온전히 분리되어
그 어디에서도 그 사람의 흔적을
찾아볼 수 없을 때 하게 되는 거야.
그때가 오면 아주 담담하게 이별과 마주 할 수 있게 돼.

진짜 이별의 순간을 마주했을 때
깨졌던 마음의 조각은 반짝이는 새로운 마음이 되어
또 다른 설렘을 기대하게 될 거야.

착각

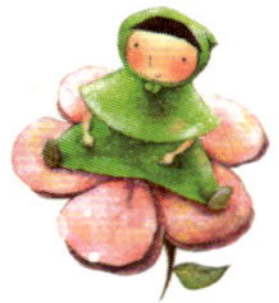

믿는 사람들에게 더 쉽게 화를 낼 때가 있어.
나를 사랑하고 잘해주는 것을 알면
고맙고 더 아껴줘야 하는데
이상하게도 나에게 잘해주는 것은
점점 당연한 게 되어가고
온갖 감정들을 쏟아내 버려.
그 사람은 어떤 경우라도 나를 사랑해줄 거라는
착각 때문일 거야.

진정으로 행복해지려는 사람은
남을 섬기는 방법을 발견한 사람이다.

— 라 로슈푸코

그를 만나기 백 미터 전.

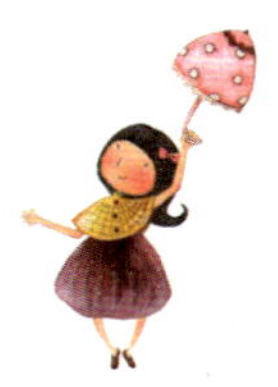

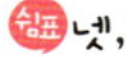

집이 꽤나 멀어서 누군가를 만나러 가기 위해서는
대부분 버스를 타고 지하철을 타고
한참 걷기도 해야 하는 때가 많았어.
시간도 오래 걸리고 복잡하고 꽤나 지루한 일이지.

문득 한 사람이 누군가를 만나러 간다는 건
누군가에게 다가간다는 건
이처럼 쉬운 일이 아닐지도 모른다는 생각이 들었어.

시간도 오래 걸리고 복잡하고 지루한 일이 될지도 몰라.

그러니까
소중히 여겨야 해.

나에게 오는 그 시간이
쓸데없는 시간이 되지 않도록,
나에게 오는 그 길이
지루하고 복잡한 일로 끝나지 않도록,
그 사람의 그 마음을 소중히 여기고
감사해야 하는 거야.

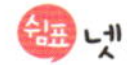

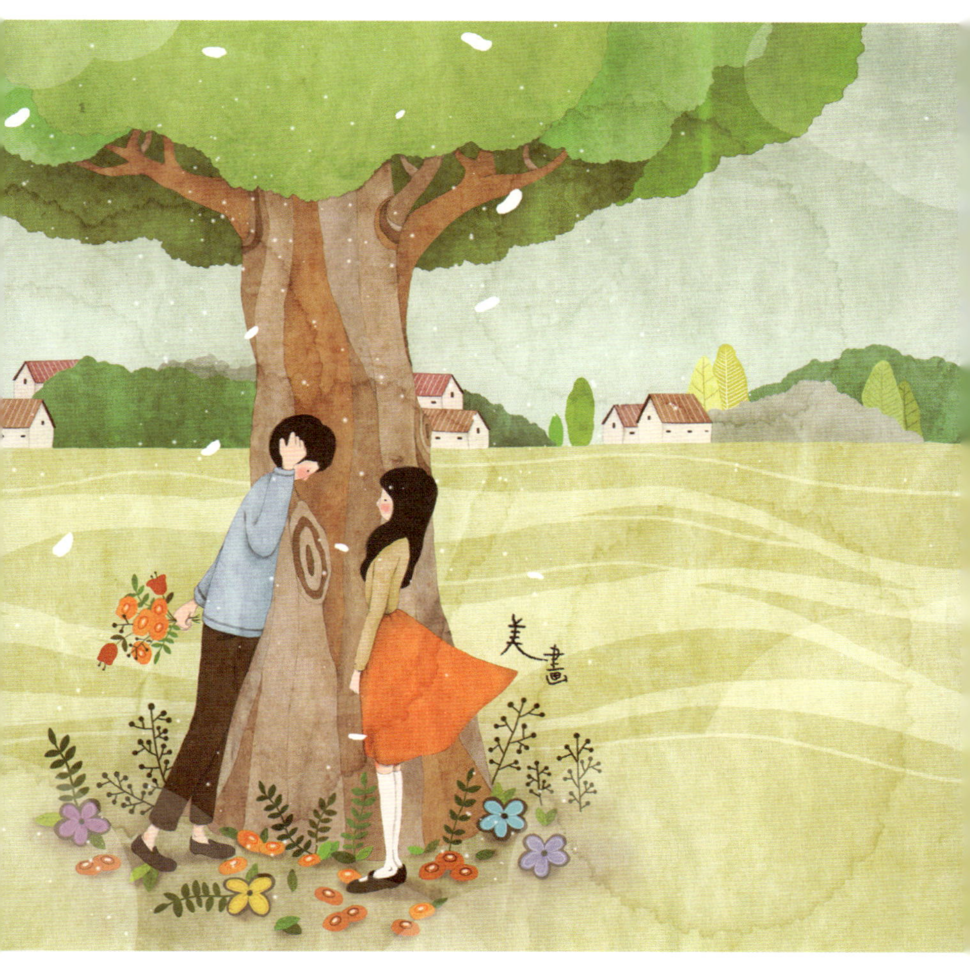

응답하라,
반짝이는
나의 순간들이여

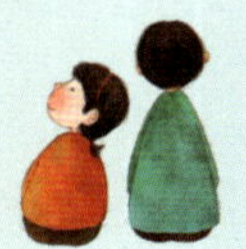

"반짝반짝 빛나는 건 밤하늘에 떠있는 별만이 아니래요.

이 땅위에 발을 딛고 있는 사람들

그 존재만으로 한 사람 한 사람 반짝반짝 빛나는 거래요."

- 〈그저 바라보다가〉 中

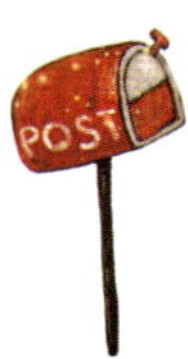

말하는 대로

쉼표 다섯,

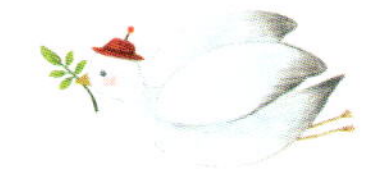

프레이밍 효과(Framing Effect)라는 말이 있어.
'같은 문제라 하더라도 제시하는 대안에 따라
결과가 달라지도록 영향을 주는 현상'을 말하는 거지.
쉽게 표현하면 같은 말이라도
'아' 다르고 '어' 다르다는 거야.

같은 상황을 보고도 사람마다 다르게 표현하게 되고
이러한 표현에 따라 상대방이 내리는 결정도 달라지지.

인생도 어떠한 마음의 방향으로
자신을 바라보느냐에 따라 달라질 수 있어.
자신을 믿고 처한 상황에 대해 긍정적으로 받아들인다면
얼마 전 유행했던 노래 가사처럼
언젠가 우리 인생에 고개를 끄덕일 수 있는 순간이 올 거야.

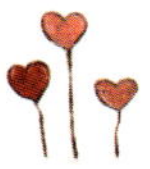

안아주기

심표 다섯,

'당신의 지친 마음을 안아드립니다.'

프리허그 캠페인이 이슈가 되던 때가 있었어.
아무 조건 없이 사람들을 안아주는 일인데,
'안아준다는 것만으로 무슨 효과가 있을까' 생각했어.

알고 보니 포옹을 하면 '애정호르몬'이라 불리는
'옥시토신'의 분비를 도와준다고 해.
그러면 편안한 마음을 갖게 되고 스트레스를 없애주고
인간관계도 강화시켜준다고 하더라고.

그뿐 아니라 포옹으로 인한 마음의 충만함이
식욕을 줄여 다이어트에 효과를 주고,
포옹하는 사람들의 건강과 면역력에도
상당한 영향을 끼친다고 하네.
(살을 빼고 싶다면 당장 옆에 있는 사람부터 안아보도록 해.)

사실 다이어트에 도움을 주는 것까지는 모르겠지만
마음에 위로가 되는 건 사실이지.

지쳐있을 때 백 마디의 응원보다
한 번의 포옹이 큰 힘이 되듯이
진심으로 상대방의 마음까지
안아줄 수 있는 사람이 되면 좋겠어.

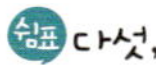

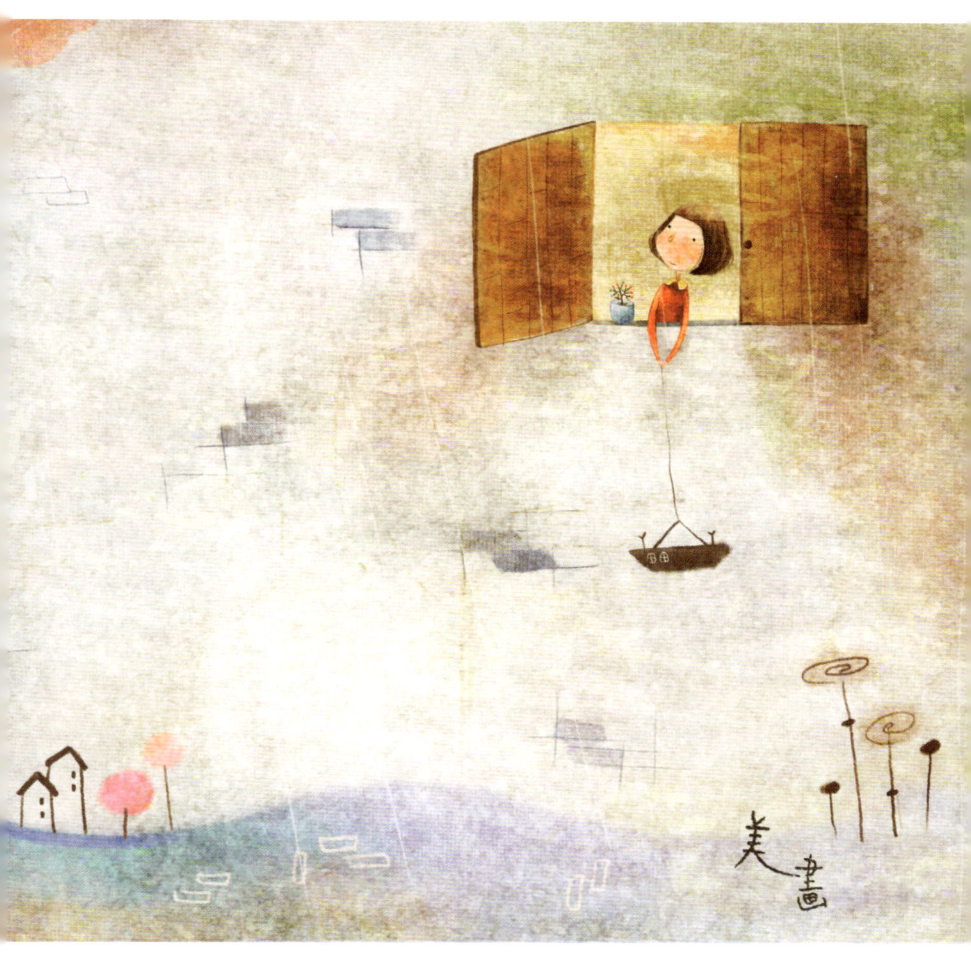

인생이 괜찮고
행복해지는 순간
쉼표 다섯,

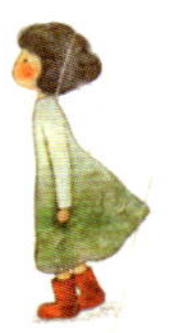

머릿속에만 있던 생각과
마음에만 머물러 있던 감정을 소리 내어 이야기하면
신기하게도 그대로 이루어지는 거야.

"괜찮아, 나는 행복해"라고 외치는 순간
인생은 정말 괜찮아지고 행복해지지.

거울을 보며 "거울아, 거울아 이 세상에서
누가 제일 예쁘니?"라고 물었던
백설공주에 나오는 마녀의 마음이 이해가 돼.

동화 속에 나오는 거울은 아니지만
오늘도 거울을 보며 내가 제일 행복하다고,
내가 제일 예쁘다고 말해보면 어떨까.

이해하기

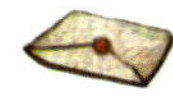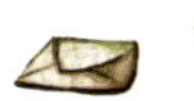

쉼표 다섯,

"너를 이해할 수 없어. 대체 왜 이러는 거야?"

종종 연인들 간에 서로를 이해하지 못해
다투는 모습을 보곤 해.
이해하지 못한다는 건
자신의 입장만 내세운다는 뜻이기도 하지.
어쩌면 서로 상대방에게 사랑으로 포장된 이해를
강요하고 있는지도 몰라.
이해란 그 사람에 대한 사랑과는
그다지 상관없는 것 같거든.

나는 아직 부모님의 어떤 점을 이해하지 못해.
그리고 당신의 어떤 것도 이해할 수 없고.
하지만 사랑하는 마음은 변하지 않아.

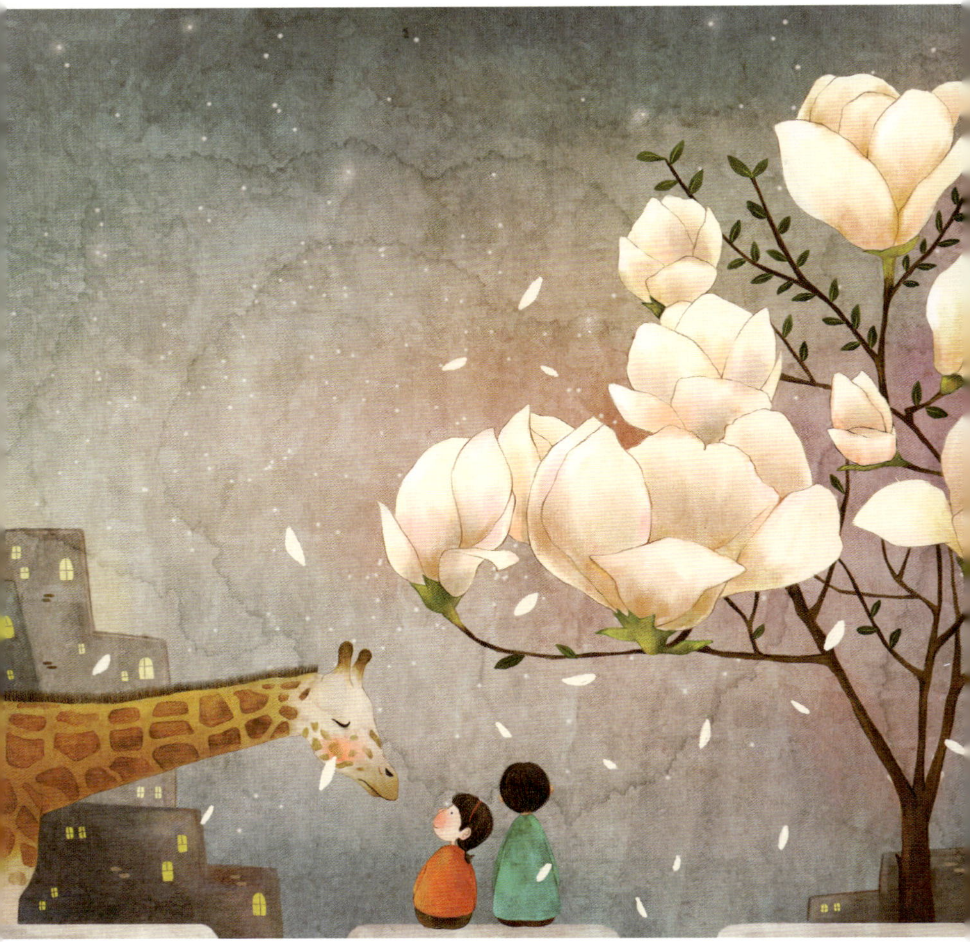

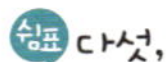
쉼표 다섯,

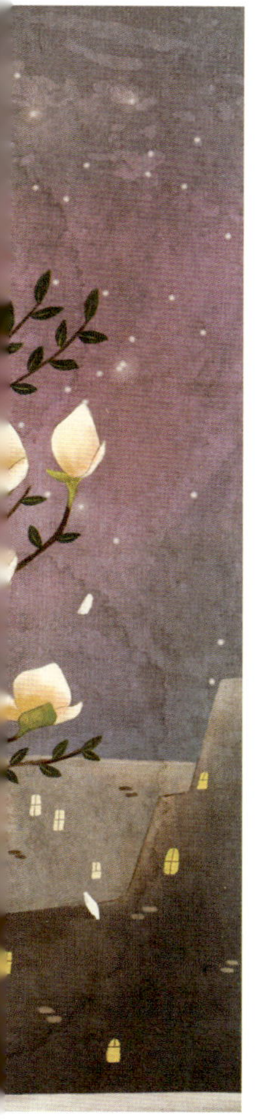

이해가 안 돼도 이해하려 노력하고 노력하다 보니까
더 사랑하게 되는 거 아닐까.
오해보다는 이해가 먼저고
이해보다는 사랑이 먼저니까.

· 생각에만 머물러 있으면 ·

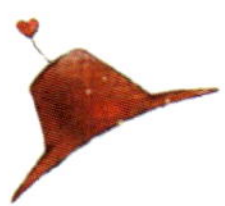

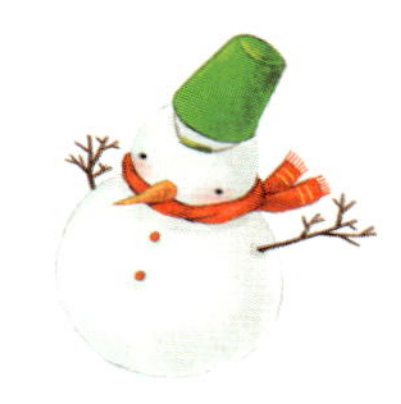

"기회를 노리고 있어."
크게 한방을 바라는 건 아니지만
아직은 실력이 모자란 것 같아 머뭇머뭇 하고,
남들 앞에 나서기 부끄러워 주저주저 하게 돼.
그러고는 기회를 노린다는 핑계를 대곤 하지.

하지만 기회만 바라보며 머물러 있으면 결코 이룰 수 없어.
표현하고 행동해야 생각했던 그 일을 해낼 수 있는 거야.

이미 할 수 있는 능력이 충분한데,
어쩌면 단지 응원해줄 누군가를
기다리고 있는 건 아닐까.

완벽한 때란 없어.
다만 할 수 있느냐, 없느냐의 문제일 뿐이지.

– 〈골든타임〉 中

· 올해도 어김없이 꽃은 핀다 ·

삶은 기다림이야.
행복을 기다리고, 고통이 끝나기를 기다리고,
사랑을 기다리고, 좋은 소식을 기다리고,
그렇게 인생의 꽃이 피기를 기다려.

하지만 대부분의 기다림은 지루하기 마련이지.

지금 어떤 순간을 기다리고 있다는 건,
어쩌면 현재가 아프고 슬프기 때문일 수도 있어.
희망을 가지고 기다린다는 것도,
그 희망이 있어야 살 수 있을 만큼
지금 이 순간이 힘겨워서일 수도 있고.

인생은 기다림의 연속이야.
하지만 기나긴 기다림도 한순간의 기쁨과 추억,
아름다움으로 웃으며 보낼 수 있어.
기다림의 순간들을 불안과 초조함으로 채우기보다는
새로움과 설렘으로 채워나가도 괜찮을 것 같아.

추운 겨울이 지나면 따뜻한 봄이 오듯이
눈이 녹으면 어김없이 꽃은 피고
그렇게 우리네 인생의 꽃도
한 송이씩 피어나겠지.

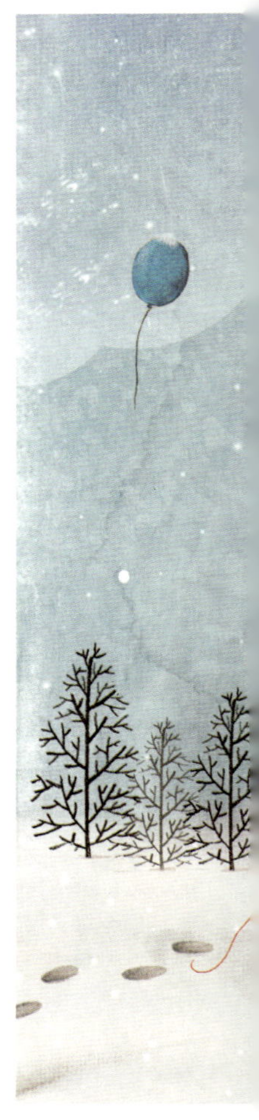

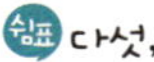

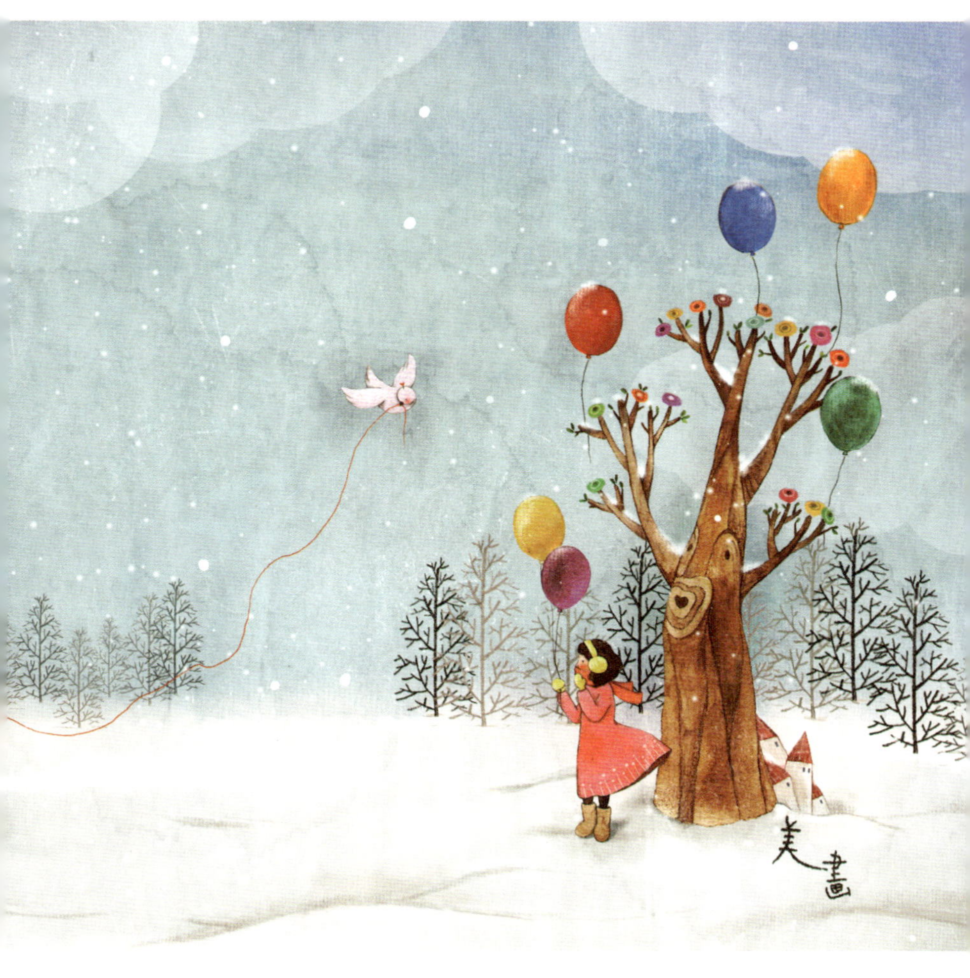

· 내일이 그리워할 오늘 ·

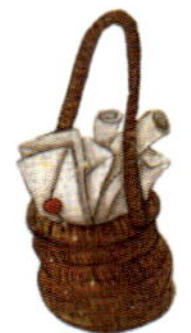

"과거의 언제로 돌아가고 싶어?"라는 친구의 질문에
스물일곱 살쯤으로 돌아가고 싶다고 말했어.
지금 생각하면 그때가 제일 예뻤고 좋았던 것 같거든.
하지만 조금 더 생각해보니
그때의 나는 삶의 무게에 너무 힘겨워 했고
이루지 못한 사랑 때문에 아파했으며
조금 더 어린 시절을 그리워하고 있었어.

지금은 다시 돌아가고 싶다고 생각할 정도로
행복했던 나날들이지만
그 순간에는 누구보다도
예쁘고 반짝거렸던 것을 알지 못했거든.

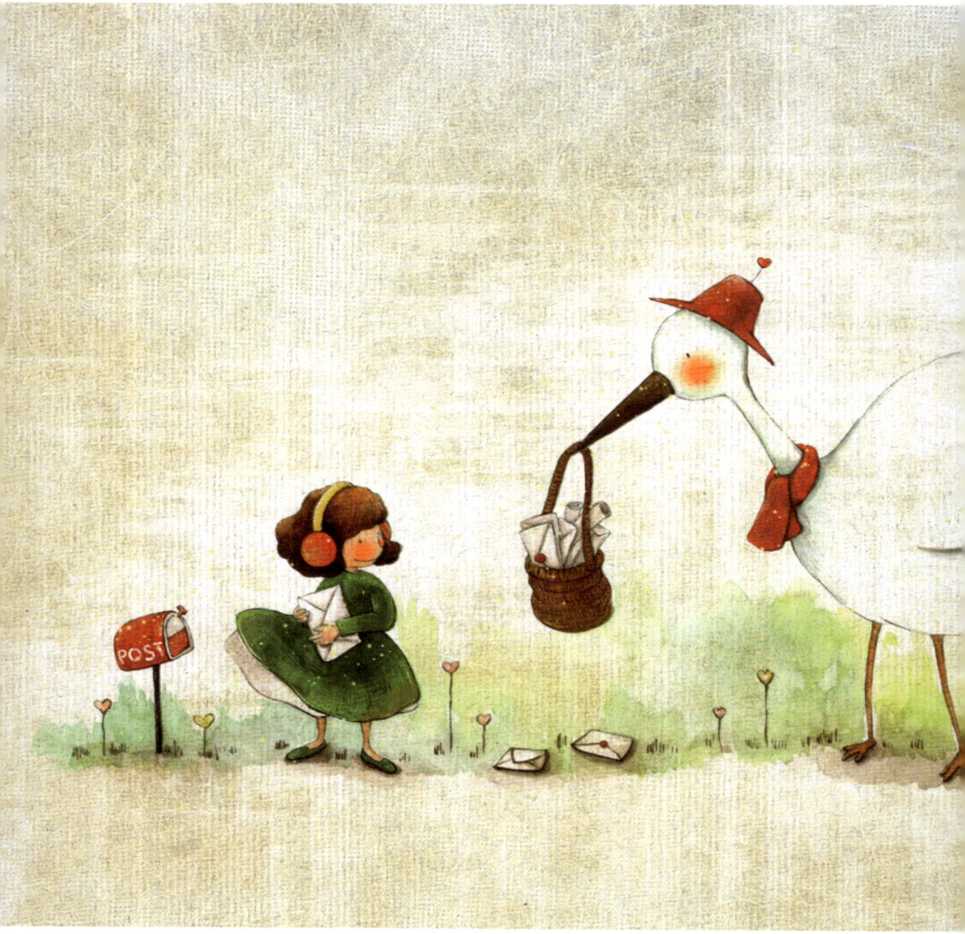

쉼표 다섯,

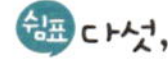

문득 10년, 20년이 지난 후에 다시 그런 질문을 받는다면
'지금 이 순간이 그립다'고 이야기하고 있지 않을까.

오늘이 행복하지 않은 사람은
내일도 행복하지 않다고 하는데,
내일이 그리워할 오늘이기에
지금 이 순간 최선을 다해 행복하게 살아야겠지.

· 응답하라, 반짝이는

나의 순간들이여 ·

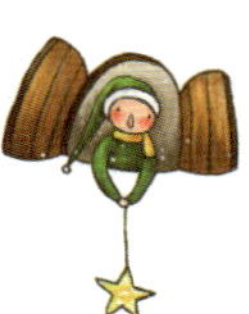

오래된 친구와 나누는 이야기 속에는
내가 기억하지 못하는,
내가 까맣게 잊고 있던 이야기와 추억이 담겨 있어.
추억이란 건 이렇게 마음 한 구석에 묻혀 있다가
불현듯 툭 튀어나와 마음을 따뜻하게 만드는 것 같아.

아련한 첫사랑을 추억하며 아무것도 바라는 것 없이
행복해했던 나를 찾았고
꿈을 이루기 위해 앞만 보며 열심히 달렸던
나를 찾을 수 있었지.

뭘 해도 반짝거렸던 그때의 추억은
지금의 나를 다시 반짝이게 만들고 있어.

귀를 닫아버린 세상에서……

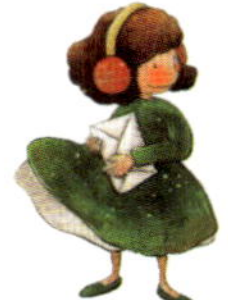

어떤 해답을 달라는 게 아니야.
그냥 내 이야기를 들어달라는 거야.

같이 울어줄 필요도 없고
그냥 들어주기만 하면 돼.
고민을 함께 짊어지길 원하는 것도 아니야.
내가 가야 할 길은 내가 제일 잘 알고 있으니까.
그냥 마음으로, 눈으로, 귀로 들어주기만 하면 돼.
내일 당장 잊어버릴지라도 상관없어.

지금 옆에 있는 그 사람이
이렇게 이야기하고 있는지도 몰라.

· 인생은 반전의 연속 ·

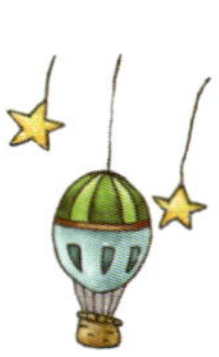

살다보면 실망하는 순간들이 있어.
여러 상황에서, 사람들과의 관계 속에서,
때로는 나 자신에게도 실망하게 돼.

실망은 내가 기대했던 것과는 다른
현실의 문제 때문에 일어나는 경우가 많은데
그런 마음들이 쌓이면 삶에 대한 무력감을 느끼게 하지.

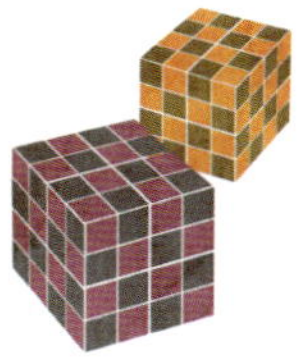

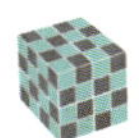

하지만 순간적인 실망이
절망으로 이어질 일은 아니라는 생각이 들어.
내 생각이 옳지 않았을 수도 있고,
그 기대가 내 욕심 때문인 경우도 많았으니까.
살다보면 이런 것들을 깨닫고 어느 순간
실망이 기대와 희망으로 바뀌게 되는 순간들이 있지.

그래서 인생은 살만하다고 하는 건가 봐.

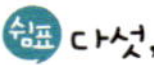

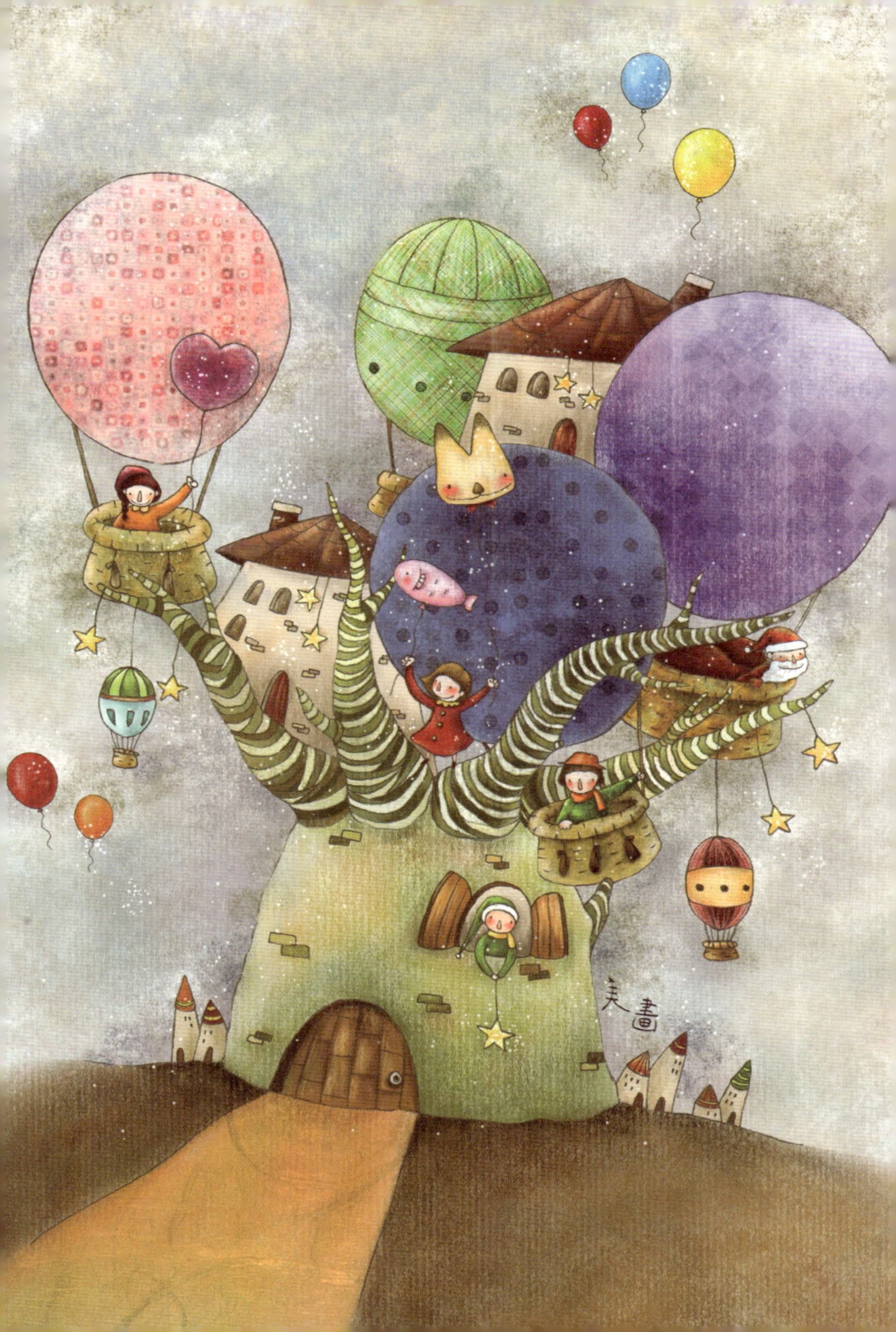

· 언제는 행복하지 않은

순간이 있었나요 ·

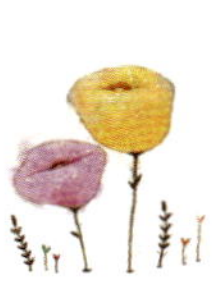

쉼표 다섯,

평소와 똑같이 일을 하고
평소와 똑같이 사람들을 만나고 이야기하고 밥을 먹다가
불현듯 행복하다고 느끼는 때가 있어.
그럴 때면 매일 만나던 사람들이고 한집에 사는 가족인데
이들이 내 옆에 있음이 새삼 고맙고 행복해져.
기다리던 버스를 바로 탈 수 있어서,
혹은 우연히 들어간 음식점의 음식이 너무 맛있어서….

이럴 때마다 나란 사람은 참 단순하단 생각에
헛웃음이 나오다가
이런 나라서 참 행복하다는 생각이 들어
다시 흐뭇해지곤 해.

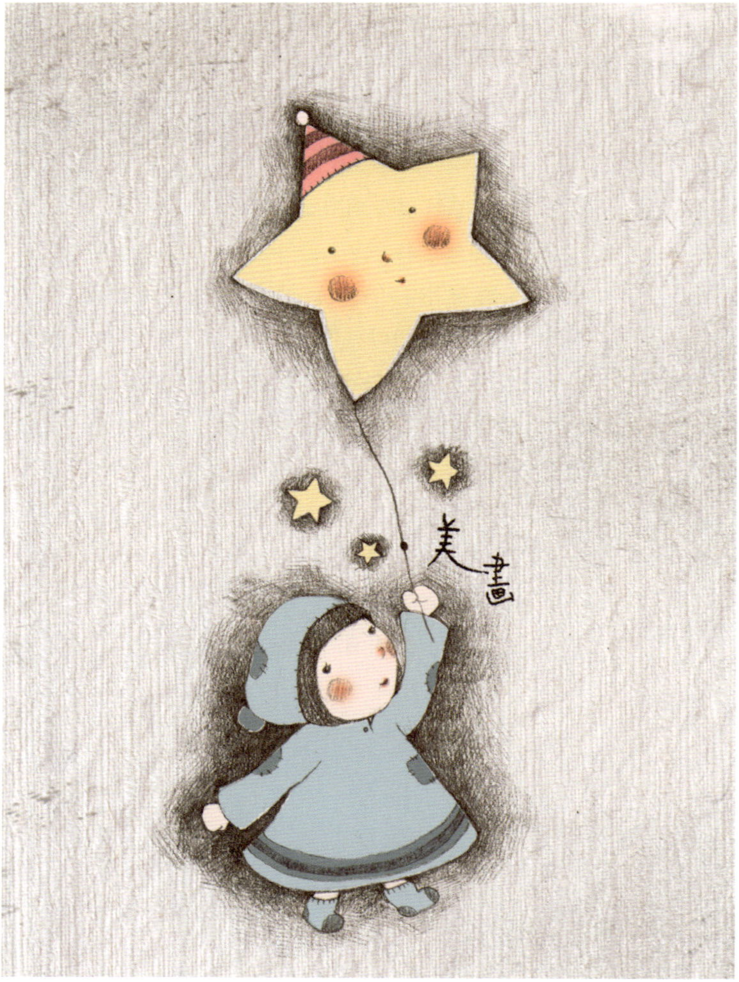

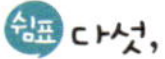

좋아하는 것을 갖고
원하는 것을 이루었을 때만 행복하다면
행복의 시간은 너무 짧고 치열하기만 할 것 같아.
좋아하는 것, 갖고 싶은 것은 금세 변하기도 하고
하나를 이루면 더 좋은 것을 바라기 마련이니까.

〈언제는 행복하지 않은 순간이 있었나요〉라는 제목의
공연을 본 적이 있어.
그 제목처럼 우리에게 행복하지 않은 순간이 있었을까.
단지 작은 행복들을 깨닫지 못했을 뿐일 텐데.

일상의 가득한 행복들을 하나하나 놓치지 않고
진정한 마음의 행복으로 깨달아 가는 사람이면 좋겠어.

사막에 사는 나무 이야기

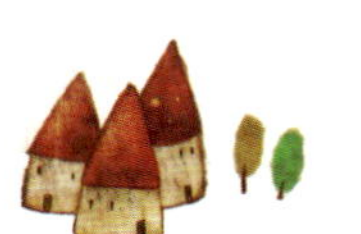

쉼표 다섯,

사막에는 시원하게 목을 축여줄 물이 없어.
향기로운 꽃도 없고 반가운 소식을 들려주는 새도 없지.
황량한 모래와 뜨거운 태양만 있을 뿐이야.

그런 사막에 사는 나무가 있어.
그 나무는 지하 10미터까지 깊게 뿌리를 내리고 살아.
그 뿌리는 물을 찾아 땅 속으로 뻗어나가지.

깊게 깊게, 더 깊게 뻗어나가 물을 가득 머금고 살아가.
가끔 불어오는 바람에 감사하고
땅 속 깊은 곳에 숨어있는 물을 머금을 수 있음에 감사하며
그렇게 거칠고 쓸쓸한 사막에서 살아가.
그리고 살아남아 결국엔
메마른 가지에 송이송이 꽃을 피워내지.

그래서일까 중국 사람들은 이런 나무를 보며
"황량한 사막은 있지만 황량한 인생은 없다"고
이야기한데.

내가 사는 이곳이
물도 꽃도 새도 없는 황량한 사막은 아닐 텐데
나무처럼 움직일 수 없는 게 아니라 그런지
자꾸만 도망치려고 해.

깊게 깊게 뿌리내리지 못하고 도망치려고 해.

사막에 사는 그 나무도 나처럼 다리가 있었으면
황량한 사막에서 도망쳤을까?
도망쳤다면 그토록 눈부시게 찬란한 꽃을
피워낼 수 있었을까?

어쩌면 모질도록 거칠고 외로운
모래사막이었기에
그렇게 아름다운 꽃을
피워낼 수 있었던 건 아닌가 싶어.

'한 송이 국화꽃을 피우기 위해
봄부터 소쩍새는 그렇게 울었나 보다'라던
서정주 시인의 시처럼 한 송이 꽃을 피우기 위해
오늘도 나는 앞으로 달려나갈 거야.

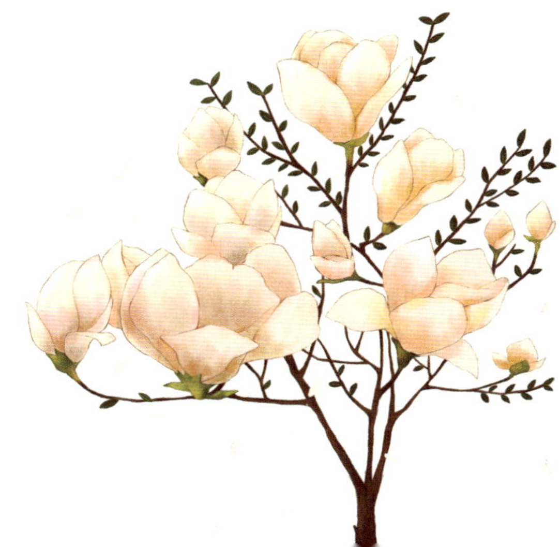

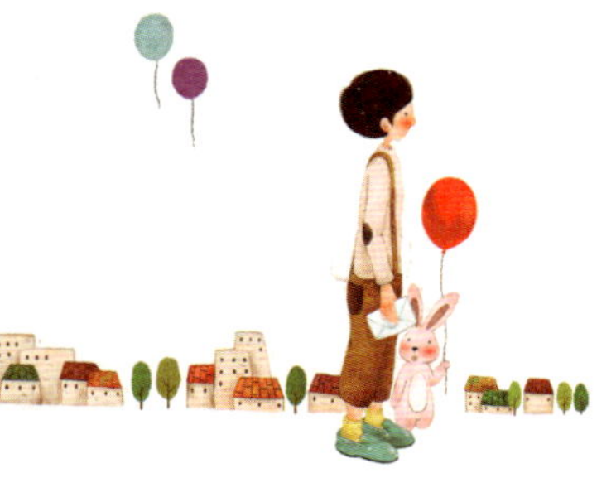

· 에필로그 ·

마음 한켠에 담아두었던 생각들을 하나씩 꺼내보았어.
어쩌면 위로가 필요한 나에게 보내는 편지이기도 하지.

그런데 써놓은 글들을 정리하고
그려놓은 그림들을 보다 보니 피식 웃음이 나오더라고.
마음속 이야기들이고 그리 하겠다 다짐했지만
그러지 못하는 모습을 문득문득 발견하게 되니 말이야.

계란 한 판도 훌쩍 넘은 나이가 많다고 생각했는데
그건 아닌가봐.
그래도 생각이 바뀌면
행동이 바뀌고 인생도 바뀐다는 말처럼
생각하는 만큼의 한 걸음은 커진 거겠지.

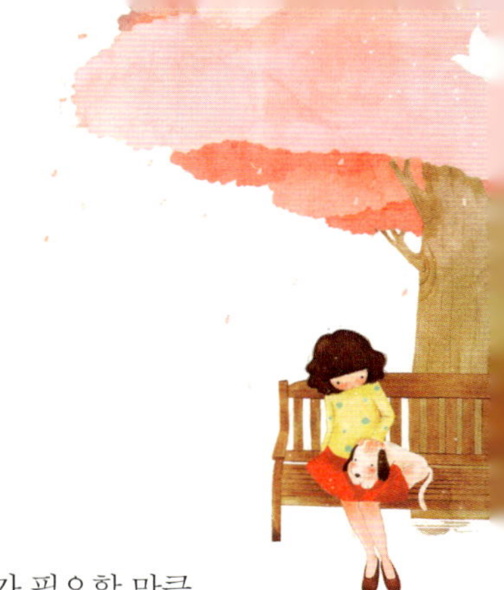

아직은 부족하고 누군가의 위로가 필요할 만큼
약한 모습이지만

그런 모습 보는 네가
'나도 그랬는데… 나도 이랬지…' 생각했으면 좋겠어.
마음이 힘들다 느끼는 순간 문득 '혼자가 아니잖아'라고
느낄 수 있다면 그걸로 좋겠지.

나는 지금 이 순간의 너를
마음 깊이 응원하고 있어.

수고했어. 오늘도.
난 네가 있어서 참 좋다.